LIBRE INFORTUNE

© 2014, Paul Maguin

Edition : BoD - Books on Demand
12/14 rond-point des Champs Elysées, 75008 Paris
Imprimé par Books on Demand GmbH, Norderstedt, Allemagne
ISBN : 9782322037209
Dépôt légal : octobre 2014

Paul Maguin

LIBRE INFORTUNE

roman

Gare de l'Est

Je me rends chaque mois au siège parisien de la société qui m'emploie depuis vingt ans à Grenoble. Je retiens une chambre près de la gare de l'Est où je prends le métro pour rejoindre le bureau. Il y a de nombreux hôtels boulevard de Strasbourg mais je ne fréquente plus que deux ou trois d'entre eux où je suis considéré comme un habitué. Je n'ai jamais rencontré personne dans la foule qui se presse dans les rues du quartier. Pour le petit-déjeuner, je vais dans une brasserie face à la gare et je discute avec la statue qui, en haut du fronton, reçoit une grise lumière.

Aujourd'hui je suis en avance. Sans hâte, je me dirige vers la gare. A l'entrée sont disposés des distributeurs de billets. J'aperçois au sol deux cannes anglaises et la jambe de quelqu'un couché derrière l'une des machines. C'est un jeune homme qui, l'instant d'après, se relève et fend la cohue des voyageurs en regardant le bout de son pied qui se balance entre les béquilles. Je ne peux m'empêcher de suivre le garçon qui avance maintenant sous la verrière. Il s'arrête près de la sortie latérale de la gare, du côté de la rue du Faubourg Saint-Martin. Deux jeunes s'approchent de lui et ils se mettent à discuter. Debout, face à ses interlocuteurs, le garçon plaisante avec eux. Je photographie de loin le trio avec le petit focus dont je me sers comme un bloc-notes. Le jeune homme m'a repéré et semble parler de moi à ses amis. Je remets mon appareil dans ma poche. Je veux prendre d'autres photos de lui et m'éloigne sans le perdre de vue. Justement ses copains le quittent et il se dirige vers un poste téléphonique. Je marche vers lui pendant qu'il communique. Il raccroche, je peux lui parler :

– Bonjour, j'aimerai vous photographier.
– Pourquoi vous voulez me prendre ?
– C'est pour moi. Je vous dédommagerai.
– D'accord ! On reste ici ? – Non, il fait trop sombre. Nous serons mieux dehors...

Il pose, sérieux, dans la rue du Faubourg Saint-Martin. Puis je l'emmène vers un square qui se trouve à cent mètres de là. Il y a quelques bancs sous des arbres. Le soleil se lève. Il ne se départit pas de son air grave où il y a de la tristesse mais aussi de la curiosité, peut-être une attente. Je lui parle en le photographiant :

– Mon nom c'est Marc.
– Et moi c'est Sébastien, mais j'aime pas. Je préfère Teddy.
– Tu es de Paris ?
– Je suis de Metz.
– Ta famille habite en Lorraine ?
– Mes parents m'ont laissé tomber. J'étais dans des familles d'accueil ou des foyers de la D.D.A.S.S.
– Tu es à Paris depuis quand ?
– Je suis parti de Metz après ma sortie de l'hôpital, il y a trois mois.,
– Qu'est-ce qui t'es arrivé ?
– Un cancer à treize ans. Il y a eu des complications. Finalement, on m'a amputé.
– Comment tu vis ça ?
– Ça m'est égal ! Je suis habitué. J'avais déjà une canne avant l'opération et maintenant je me débrouille aussi bien avec deux.

— Il faut que j'aille travailler mais j'aimerai te revoir. Alors je t'invite à diner.

Le soir, il est exact au rendez-vous dans le hall de la gare. Nous allons dans un restaurant du quartier des Halles. Je me rend compte un peu tard en voyant le jeune homme dans les escaliers du métro que je lui impose un long parcours :
— Tu n'est pas trop fatigué par toutes ces marches ?
— T'inquiètes pas. Je suis en pleine forme. J'ai l'habitude de marcher longtemps.

Il avance à toute allure. Dans une descente, il abandonne ses cannes sur le plan incliné qui borde l'escalier et, juché sur la rampe, il glisse après elles jusqu'en bas. Il refuse le ticket de métro que je lui tends pour passer la barrière d'accès au quai. Il l'escalade trop vite, accroche son blouson et se dégage non sans difficulté. Teddy raconte que, l'autre soir, il a marché sur les mains dans les couloirs du métro, un de ses amis lui tenant la jambe comme le manche d'une brouette, afin d'attirer l'attention sur lui et de recevoir quelques pièces.

Au restaurant, nous discutons longuement. Teddy me captive avec ses récits pleins de verve. C'est amusant, souvent touchant. Je sens du stress en lui. Il s'agite sur son siège, allume cigarette sur cigarette.

Il a vingt ans. C'est un passionné de musique. Il a commencé le piano à 7 ans. Lors de sa première hospitalisation, il a obtenu un synthétiseur pour jouer dans sa chambre, et c'est la musique qui l'a aidé à tenir. Teddy a gagné sa vie, par intermittence, comme disc-jockey, dans divers clubs. Aujourd'hui, il bénéficie d'une formation à Paris dans un centre de promotion. Il dit que les organisateurs de soirées commencent à le demander non seulement dans la capitale, mais aussi en province. Il m'assure qu'il participe à la compétition nationale des meilleurs D.J. et voudrait sortir un CD le printemps prochain. Il gagne au coup par coup un peu d'argent, et espère obtenir un contrat qui lui permettrait d'avoir une rémunération fixe. Il pourrait ainsi quitter l'hôtel où il est hébergé par le centre de formation et louer un logement. Il envisage de mener une vie de famille avec une jeune femme et sa petite fille de quatre ans qui voudrait bien qu'il soit son papa. Il la voit souvent et joue avec elle.

Il me parle de son père, parti avant sa naissance. Il était guitariste. Un oncle a dit au garçon qu'il retrouvait en lui le même talent de musicien. Teddy dit qu'il était encore en rééducation quand cet oncle lui a offert une tenue de D.J. Il est venu le chercher avec un belle voiture et l'a emmené dans la meilleure boîte de Metz. Un créneau lui avait été réservé au cours de la soirée afin qu'il puisse faire ses preuves à la console. Aujourd'hui encore, l'oncle s'arrangerait pour le faire intervenir à telle ou telle soirée sans le lui annoncer à l'avance pour que son neveu, qui n'a pas toujours envie de travailler, ne puisse pas refuser.

– Tu passes quand à Paris, demande Teddy quand nous nous quittons.

– Je ne sais pas encore. Au début du mois prochain peut être.

– Tu viens quand tu veux. Je suis à la gare.

– Je peux venir quand tu voudras.

J'ai téléphoné plusieurs fois à Teddy mais, à chaque appel, il m'a affirmé qu'il était très occupé ou qu'il avait un rendez-vous urgent. Je n'ai pas insisté, en espérant qu'il éprouverait lui-même l'envie d'échanger.

– Salut ! C'est Teddy !

—Tu as bien fait de m'appeler... Comment tu vas ?
– Je traîne ma savate...
– Tu es où ?
– Je suis sur une bouche du métro avec des potes. Je fais la manche...

Sa voix est celle d'un enfant dans l'air froid de cette fin d'année, et il tousse lamentablement. Sa femme l'a quitté sans qu'il sache pourquoi. Il s'est brouillé avec le responsable du centre de formation à cause de ses absences injustifiées. De plus, il n'arrive pas à lui régler la participation de 100 euros qu'il doit verser chaque mois pour l'hôtel et risque de perdre sa chambre.

J'apporte à Teddy un CD de Jean-Michel Jarre, son musicien préféré. Il rougit, fouille dans sa sacoche et en retire un briquet qu'il s'empresse de m'offrir. Il y a sur cet objet, en chiffres dorés, le millésime de la prochaine année : 2002. Il me fait écouter l'une de ses compositions. Il a mis à son oreille l'un des écouteurs de son baladeur et m'a donné l'autre. Nous sommes serrés l'un contre l'autre comme le couple de la table d'à côté.

Son compte est a découvert. Le versement de son allocation pour adulte handicapé est bloqué car il a négligé de répondre à une demande de renseignements administratifs. Avant d'entrer dans le café, il a vainement essayé de retirer de l'argent au distributeur d'une banque. Il s'inquiète car il ne peut plus faire patienter le responsable du centre de formation. Je lui prête un peu d'argent pour qu'il ne se retrouve pas à la rue. Il promet de me les rendre sans faute, « par respect pour moi ». Il m'offre les consommations avec les quelques pièces qui lui restent. Faute de pouvoir m'inviter à diner, il me donne un chèque restaurant qu'un passant lui a offert dans le métro.

Teddy tient à me montrer son hôtel. Ce modeste établissement est un refuge de S.D.F., dont les loyers sont payés par des associations. Nous passons dans un couloir, devant un guichet où il demande l'autorisation de me faire entrer chez lui. Puis nous arrivons dans une courette où se trouve l'escalier qui permet d'accéder directement dans sa chambre au premier étage. Il pousse la porte, nous rentrons dans une petite pièce dont les murs lépreux sont badigeonnés en vert. L'espace est presque entièrement occupé par un lit, une armoire, une table et le lavabo. L'ampoule qui pend au plafond éclaire faiblement un désordre indescriptible : il y a partout des boites de bière, des emballages vides, des récipients divers remplis de mégots, des boîtes avec la petite monnaie qu'il collecte dans la rue. Les portes ouvertes de l'armoire laissent voir un tas de vêtements. Teddy trouve injuste que le gérant de l'hôtel lui reproche L'état de la chambre : « Tu comprends, dit-il, ce n'est pas facile de balayer en sautillant sur une jambe. Je suis obligé de m'asseoir sur le lit pour remettre de l'ordre ».

Le sol est si encombré que je renverse une boîte de bière entamée. Il lance un chiffon à terre pour éponger la flaque puis se dépêche de boire un coup et de se préparer un joint. Assis à côté de lui, je suis envahi par la tristesse. Il m'a raconté qu'il assurait de nombreuses prestations de D.J. En réalité, il travaille beaucoup moins qu'il le dit et ses patrons oublient de le payer. Mais il fume et, détendu, commence à échafauder des projets. Il veut demander l'aide de l'association pour l'insertion professionnelle des handicapés afin d'acheter une console portative qui lui permettra d'animer des soirées à son compte. Et il aménagera un camion pour sonoriser les teufs. Il lancera une association pour former des D.J. en contrats aidés. Il veut créer un label, c'est-à-dire monter un studio dont il souhaite que je sois le seul actionnaire. Il désire aussi établir et accompagner les dossiers de candidature de jeunes filles désirant devenir modèles ou poser pour des photos de charme. Il espère se constituer une clientèle en montant des forums sur internet... L'imagination de Teddy est fertile mais il ne se préoccupe guère des contraintes de la réalité . Comment fera-t-il pour déplacer et installer un matériel qui, même portatif, est plus lourd qu'il ne le prétend ? Prévoit-il de faire adapter le camion pour qu'il puisse prendre le volant ? Envisage-t-il de trouver une personne qui pourrait conduire et l'aider dans ses activités ? Quel est l'état du marché pour vendre du son ? Dispose-t-il d'un carnet d'adresses pour placer des modèles ?

Il essaie de me convaincre de la solidité de ses intentions et botte en touche lorsque mes questions l'embarrassent. Lorsque ses propos me laissent sceptique, il cherche à m'émouvoir ou à me faire rire. « Tu sais, répète-t-il, je suis un phénomène de foire ! »

Il me semble qu'il devrait se fixer un but et se donner les moyens de l'atteindre au lieu de zapper d'une idée à l'autre. Mais qui suis-je pour le conseiller ? Je ne suis pas son tuteur et ce que j'ai envie de lui dire est lié à mon histoire différente de la sienne. Les principes qui m'aident à vivre ne sont pas forcément pertinents pour améliorer sa situation. Je n'ai pas à les substituer à ceux qui se dégagent de son difficile parcours. Teddy résiste d'ailleurs à mes tentatives pour le faire changer d'avis. Il se dérobe aux critiques que j'exprime parfois sur sa façon de voir. Si je m'excuse d'avoir lourdement insisté, il sourit et me dit qu'il n'y a pas de problème. J'ai l'impression que mes paroles n'ont fait que glisser sur lui.

Teddy ne répond plus aux messages que je laisse sur son répondeur. Je commence à m'inquiéter lorsque arrive un mail :

De : djTeddy8075@laposte.net
À : marc431405@wanadoo.fr
Envoyé : 12 janvier 2002 15:12
    comment vas-tu, marco ? moi je n'ai plus de portable je l'ai perdu quand je suis tombé dans la rue j'ai passé trois jours à l'hôpital mais ce n'est pas grave tu viens quand à paris ? a plus mister teddy

Je retrouve Teddy sur le côté de la gare de l'Est, au pied du double escalier de la rue d'Alsace, assis sur une couverture avec deux compagnons de misère. Il gémit quand je prend sa main entourée d'un bandage malpropre. Il veux prendre un café avec moi. Sa blessure l'empêche de serrer la poignée de la canne, et il peine pour marcher jusqu'à la terrasse d'en face.

Teddy venait d'animer une soirée quand, à la sortie de la boîte, il a été secoué par des convulsions avant de perdre connaissance. Le garçon reconnaît qu'il avait absorbé des pilules de toutes les couleurs et bu trois bouteilles de rosé :

– Le médecin m'a dit que j'étais en état de coma éthylique. Il pense que je ne vivrai pas vieux si je continue comme ça.

Un silence.

– Tu as vraiment envie de mourir ?

Il sourit et, d'une voix à peine audible :

– Ça ne serait pas marrant.

– Alors arrête l'alcool. Tu sais que tu es fragile depuis ta chimio.

– Je voudrais aussi arrêter la drogue. Il y a une dose dans ma chaussette. J'ai envie de la jeter.

– Puisque tu en as envie, fais-le. Il faut que tu te soignes

– Je voudrais être soigné dans un hôpital de jour pour les toxicos, mais pas avec de la méthadone ou du Tranxène. Les médicaments me rendent malade. Il n'y a que les joints qui me calment.

Alors que nous parlons, Teddy a un moment d'absence qui me paraît interminable. Sa vivacité est comme aspirée de l'intérieur. Ses paupières à demi closes me dérobent son regard. Il se plaint d'avoir « mal aux cheveux ». J'essaie de le soulager en lui frottant la tête.

Nous revenons vers sa bande. Kamel, malade, n'arrive plus à se réveiller. Kevin a fait de la route mais semble perdu à Paris. Teddy les a pris sous sa protection. Il leur dit quand il faut manger, où il faut dormir, comment il faut faire la manche et les envoie en mission pour réaliser ce qu'il ne peut faire lui-même.

Le plus souvent, Teddy arrive en début de soirée à un rendez-vous que j'ai fixé avec lui pour la fin de matinée. Il raconte qu'il a terminé une soirée à 6 h du matin, qu'il a voulu se doucher et se changer, qu'il a été obligé de voir une assistante sociale ou de rencontrer un employeur pour un entretien de sélection. J'ai d'abord été dérouté car, dans mon métier, la crédibilité dépend d'une stricte organisation de l'agenda. Je procédai de même pour mes loisirs avant que Teddy me force à découvrir qu'un portable permet de passer de l'ère de la prévision à celle de la spontanéité dans les rapports humains ! Il n'est pas moins surprenant que les incertitudes de son emploi du temps, ou ses moments de torpeur après avoir fumé, n'aient pas empêché nos rencontres. Même l'imprévu contribue à nous rapprocher.

Nous devions nous voir en mars 2002 pour fêter son anniversaire. Peu après mon départ pour Paris, Teddy a téléphoné à Flo, ma femme, à défaut de pouvoir me joindre. Il venait d'apprendre la mort de sa grand-mère. Nous ne pourrions pas nous rencontrer vers 19 heures dans le quartier des Halles, comme nous l'avions prévu, car il devait prendre un train qui partait plus tôt pour Metz. En arrivant à Paris, j'ai oublié d'ouvrir mon portable et de consulter la messagerie qui m'aurait appris ce qui lui arrivait.

Vers 16 heures, après mon installation à l'hôtel, je traverse la rue pour acheter un journal à la gare de l'Est. Devant les guichets, quelqu'un m'appelle. Je reconnais instantanément Teddy, car je pense toujours à lui quand je passe dans la gare. Il me dit qu'il est sur le point de partir. Nous avons juste le temps de prendre un café.

Je réalise en l'écoutant que notre rencontre était improbable. Cependant, avant de quitter l'hôtel, j'ai glissé dans ma poche sa carte d'anniversaire alors que j'avais l'intention de retourner dans ma chambre pour lire tranquillement le journal. Je voudrais avoir pressenti sa peine et l'urgence de lui exprimer ma sympathie :

– Quel âge avait ta grand-mère ?
– Elle allait avoir 70 ans.
– Ce n'est pas très vieux. Elle était malade ?
– Il y avait longtemps qu'elle avait un cancer. Mais je croyais qu'elle vivrait encore quelques années.
– Ta grand-mère était comment avec toi ?
– C'est toujours elle qui me comprenait le mieux. Elle me défendait...
– Alors elle sera toujours avec toi.
– Non, elle n'est plus là, et moi aussi je vais mourir.
– Oh ! Ne dis pas ça !
– Pourquoi ? On va tous crever.
– Pas toi, je ne veux pas que tu meures.

Il rosit et me regarde sans rien dire. Je suis aussi surpris que lui par l'affirmation qui a jailli sans me laisser le temps de réfléchir.

J'étais plus raisonnable en écrivant sur sa carte que sa vie ne fait que commencer. Mais, au fond, inexplicablement, je suis certain que la mort ne l'atteindra pas.

Trois minutes avant le départ. Perturbé, il se précipite vers l'express à destination de Francfort, et je dois l'orienter vers le sien qui stationne de l'autre côté du quai.

Mon cas est désespéré...

djTeddy8075 : bonsoir Marco
marc4314 : Bonsoir Teddy. Comment tu vas ?
djTeddy8075: c'est le pied
djTeddy8075: mon cas est désespéré !
marc431405 : Qu'est-ce qui te tracasse ?
djTeddy8075 : rien du tout je nique le monde entier
marc431405 : Allons bon. Tu n'es pas à jeun !
djTeddy8075 : j'ai pris de la coco et je fume
marc431405 : Je peux te comprendre
djTeddy8075: alors tu vas fumer aussi
marc431405 : Je le ferai peut-être si j'étais à ta place
djTeddy8075: coooool
marc431405 : mais je ne suis pas toi et je ne fumerai pas
marc431405 : je souhaite simplement que tu ne sois pas malade avec tes mélanges
djTeddy8075 : ça va papa !
marc431405 : Je ne suis pas ton père
djTeddy8075 : encore heureux
marc431405 : Heureusement pour moi
djTeddy8075 : c'est sûr
marc431405 : Alors nous sommes d'accord. Tu es libre de faire le con
djTeddy8075 : pas de problème
marc431405 : Je vais te quitter et te laisser dans ton petit paradis
djTeddy8075 : restes un moment
djTeddy8075 : je suis trop défoncé pour me coucher tout de suite
marc431405 : Comme ça tu trouveras peut-être une meuf !

djTeddy8075: ne t'inquiètes pas, je discute avec 6 meufs et 2 gars
marc431405 : Je ne suis pas inquiet
djTeddy8075: mais ce n'est pas pareil avec toi car tu es mon pote
djTeddy8075 : j'aime bien discuter avec toi
djTeddy8075 : tu me cultives
marc431405 : Toi aussi tu me cultives
djTeddy8075 : tu rigoles ou quoi
marc431405 : Je suis sérieux. J'apprends beaucoup en regardant comment tu te débrouilles
djTeddy8075 : tu parles comme un intello...

La Bastille

A son retour de Metz, Teddy est à la rue. Sa formation est terminée et il vient de perdre sa chambre d'hôtel. Il s'est fâché avec le psychologue qui le suivait. Celui-ci, paraît-il, l'a traité de toxicomane et lui a reproché de refuser de se soigner. Les travailleurs sociaux voudraient le rencontrer pour faire le point, mais le garçon refuse de leur parler.

Teddy traîne place de la Bastille avec d'autres jeunes, et dort sous le grand escalier de l'Opéra, dans un sac de couchage. Il se réchauffe en buvant un mélange d'alcool et de soda. En plus de ses doses journalières de shit et d'extasy, il essaie toutes les drogues qu'il peut trouver. L'autre jour, il a pris de la kétamine, un anesthésiant qui a été utilisé en médecine d'urgence ou, en Russie, pour soigner les douleurs des amputés. Aujourd'hui, dans le même pays, c'est la drogue des enfants, des mendiants et des vétérans de la guerre d'Afghanistan. La kéta dissocie l'esprit et le corps. Ceux qui en consomment perdent tout, y compris leur tête. Dans l'impossibilité de réagir quand ils ont pris la drogue, ils sont exposés au gel, à la chaleur, aux flammes, et se font agresser ou voler.... Les expériences de Teddy coûtent cher. Toujours à court d'argent, il doit faire la manche pour subsister. Il n'a plus de carte d'identité et dit que la police ne veut pas recevoir sa déclaration de perte tant qu'il n'aura pas d'adresse. Il néglige néanmoins de demander une domiciliation au « Lieu dit », une association d'aide aux sans-logis.

Aucune perspective actuellement de retrouver travail et domicile, de vagues projets de voyage cet été dans le sud de la France ou en Espagne. Teddy rêve à un emploi de D.J. qu'il pourrait obtenir dans un café et à une parisienne qui est censé l'héberger à l'occasion d'une soirée qu'il devrait animer le 14 juillet,... Cependant, il n'entreprend rien. Il répète que tout va bien, qu'il ne s'en fait pas, mais je vois bien qu'il est désemparé. J'essaie de parler avec lui de ce qui le préoccupe. « C'est mon karma » dit-il, et il change de conversation. Quand je propose une date pour nous revoir, il m'annonce que, ce jour-là, il est engagé pour animer une soirée à Metz, à Lille ou ailleurs. Parfois, il invoque un rendez-vous avec une femme car, à l'entendre, le sexe n'est jamais en repos chez les S.D.F. Cinq minutes après, il a tout oublié et je sais que je le retrouverai à la Bastille.

Pour discuter avec moi, il reporte à plus tard son rendez-vous avec une étudiante. Elle arrive, et dissimule mal son dépit de me trouver là. Nous allons dans un fast-food de la rue de la Roquette. Nos assiettes sont alignées sur une tablette fixée au mur. Nous sommes côte à côte, Teddy placé entre elle et moi. Il lui tourne le dos et me parle durant le repas sans jamais lui adresser la parole. De même, sur l'escalier de l'Opéra que nous avons rejoint après le dîner, il ne fait attention qu'à moi ou à ses copains. Il essaie encore de me retenir quand, gêné pour elle, je me dépêche de les quitter. Teddy me raconte le lendemain qu'elle l'a «sucé» sous le grand escalier, puis qu'il s'est débarrassé d'elle. Il dit qu'elle n'est pas terrible, et ne supporte pas qu'elle s'attache à lui. Pourtant il continue à la voir.

Nos rencontres sont toujours aussi aléatoires. Un jour, son téléphone ne répond plus. Le lendemain, Teddy m'appelle. Il a été arrêté par les flics et vient de sortir d'une garde à vue. Je le revois en pleine forme. Ses yeux sont bien ouverts, il est plus calme que d'habitude. Il se trouve bien de son passage en cellule de dégrisement.

J'ai réussi à le convaincre d'ouvrir une boîte aux lettres au « Lieu dit ». Je l'accompagne au commissariat où il doit déclarer la perte de sa carte d'identité. Je le laisse entrer et, comme l'attente se prolonge, je le rejoins dans le local. Teddy s'impatiente :

— Tu vois la fliquette ? Elle ne veut pas me renseigner.

— C'est normal ! Tu dois attendre ton tour.

— Elle m'énerve... Je vais lui rentrer dedans !

— Bien sûr et puis tu porteras plainte !

Il rit. Arrivé devant la policière, il demande calmement un formulaire qu'elle lui remet avec une indifférence polie. Nous remplissons ensemble la déclaration qui est considérée comme recevable sans le moindre problème. Ses relations avec la police devraient être beaucoup plus difficiles qu'elles ne le sont en réalité : Teddy m'a montré un couteau à cran d'arrêt. Il aurait blessé avec cette arme un roumain qui l'aggressait. L'homme serait aujourd'hui à l'hôpital. « Ce n'est pas la première fois que je sors ma lame, assure-t-il, car je suis souvent attaqué par les mecs à deux jambes. Mais c'est toujours moi le plus fort. ». Sans le suivre quand il prétend qu'il est devenu le patron des trafics de la Bastille, je reconnais qu'il exerce un certain ascendant sur les jeunes marginaux qui hantent le quartier. Plusieurs d'entre eux lui rendent des services et le défendraient peut-être si quelqu'un cherchait à lui faire du mal. Teddy a choisi d'aller au devant des autres, et de leur raconter des histoires captivantes qui font très vite oublier son handicap. La consommation d'alcool peut faciliter cette démarche, mais je crois plutôt que celle-ci est liée à son besoin d'être connu et reconnu et à son sens de la relation. Il faut le voir, lorsque nous arpentons la rue de la Roquette, s'arrêter à toutes les boutiques pour saluer les commerçants et saisir chaque occasion de discuter avec les passants.

Teddy s'abrite maintenant dans un squat en banlieue, au sud de Paris. Il y a environ une demi-heure de trajet en R.E.R jusqu'à la station Châtelet. Le garçon fait le trajet tout les jours pour se rendre à la Bastille. Nos rencontres de ce printemps 2002 sont décevantes. Il est désinvolte avec moi et m'impose la présence de ses copains lorsque j'ai envie de discuter avec lui. J'ai du mal à supporter son entourage, à commencer par l'énergumène, calciné par le crack, qui le suit partout en lui portant son sac. Cet homme ne répond jamais à mon bonjour. Quand il a demandé : « Je peux te tutoyer ? », j'ai refusé en le regardant bien en face. Alors Teddy m'a traité de « vieux ». J'ai accusé le coup car je n'assume pas notre différence d'âge. Je voudrais qu'il me considère comme un grand frère alors que je suis, sans doute, de la même génération que son père. Il a bien saisi mon inconséquence et, depuis, il me provoque en réitérant le mot qui m'a blessé.

Il me semblait nécessaire de faire le point avec lui. Lorsque j'ai téléphoné, il était en discussion avec un pote. Je l'ai rappelé un peu plus tard :

– Alors on se voit aujourd'hui ?

– Ça va pas être possible cet après-midi. J'ai plein de rendez-vous.

– Ah bon... Tu sais on peut aussi bien tout laisser tomber.

– Ne le prend pas comme ça. Si tu veux on se retrouve ce soir à la Bastille.

Le soir, il ne vient pas. Après une heure d'attente, je me permet d'insister :
– Tu arrives ? Je vais pas rester toute la nuit à t'attendre.
– J'ai trop de problèmes. Ma copine a été violée et je dois m'occuper d'elle. C'est un dealer qui a fait le coup pour m'empêcher de prendre le contrôle des trafics dans le quartier. Je vais aller lui casser la gueule...
– Déjà, la semaine dernière, tu m'a dit que ta meuf venait d'être violée et que tu allais te venger sur le champ.
– Tu ne me crois pas ?
– Et non, c'est du roman et le pire c'est que tu es sincère : tu penses que c'est vraiment arrivé !
– Ah bon ? Je ne suis pas un débile quand même... Et maintenant on fait quoi ?
– Tu m'évites quand je veux te voir. Alors c'est demain ou jamais plus.
– Je serai là, et j'arriverai en avance !
– Essaie déjà d'être à l'heure !

J'arrive très tôt à la Bastille, en me disant pourtant que Teddy sera en retard. Or, cinq minutes après, il sort de la bouche de métro. Il porte un treillis vert clair. Son teint est blême. Il marche comme un somnambule et me croise sans me voir. Je dois l'interpeller pour qu'il me reconnaisse. Il dit :« J'ai besoin d'un café pour me réveiller ».

Nous sommes assis à la terrasse d'un bar-tabac. Ce matin, Teddy a été pris de vomissements. Il est en état de manque, sous méthadone, car il tente une nouvelle fois de se désintoxiquer. Du coup, il a perdu toute faconde. Bien que sa lucidité retrouvée se paie d'un surcroît de mal-être, je veux en profiter pour faire une mise au point.

Une camionnette équipée de hauts parleurs arrive sur la place et commence à diffuser une musique tonitruante. Elle m'oblige à crier pour faire comprendre à Teddy qu'il me parle mal, qu'il me fait trop souvent attendre ou qu'il me met à l'écart, que je ne suis pas dupe de ses dérobades. Si je l'ennuie qu'il me le dise. Je préfère ne plus le voir plutôt que de continuer ainsi... Forcé de hausser la voix, j'ai l'impression de jouer un rôle. Brusquement la musique cesse. Teddy dit qu'il ne veux pas que nos rencontres s'arrêtent. « D'accord si tu change de comportement... ». Rassuré, il me taquine : « Toi qui est toujours calme, j'ai réussi à te mettre en colère ! » A la fin, il tient à payer mon thé .

Teddy a réveillé en moi des émotions anciennes. Quand j'étais enfant, je rencontrais dans ma ville des rescapés des combats de la deuxième guerre mondiale ou des guerres d'Indochine et d'Algérie. Certains d'entre eux, réduits à la mendicité, exhibaient des séquelles qui choquaient ma sensibilité. L'effroi se mêlait à ma curiosité. Un jour, pris de panique, j'ai refusé de traverser la rue pour remettre à un aveugle quelques pièces que ma mère m'avait prié de lui donner.

J'ai photographié Teddy pour entrer en relation avec lui comme on offre un verre à un inconnu. Mais boire avec l'autre facilite le rapprochement tandis que le photographe prend du champ. J'étais à l'affût derrière l'objectif et, sur mes premières photos, le garçon paraît vaguement inquiet. La suite des images révèle la familiarité qui grandit entre nous. A la mise à distance se substitue la prise de recul car j'essaie d'analyser la fascination qu'il exerce sur moi. Je le photographie trop souvent car mes tentatives pour capter son pouvoir dans les deux dimensions d'une image ne font que me décevoir. D'ailleurs, Teddy me fait perdre peu à peu ma dévotion pour les icônes. Il ne regarde pas les photos que je lui donne. Elles réapparaissent rarement, salies, froissées ou déchirées, quand il retourne le fond de son sac.

Il soupire quand, une fois de plus, je cherche à le cadrer dans le viseur. Sur certaines photos, je vois dans ses yeux la sourde révolte d'une proie. Depuis, j'espace les prises de vues. Quand il s'agace en apercevant mon appareil, je préfère le remettre dans ma poche. Je suis désormais assez prompt pour saisir son image au vol lorsque son attention est attirée ailleurs. Je ne voudrais pas ressembler à ces passants qui le croisent en affectant de ne rien remarquer et se retournent quand il est passé en focalisant leurs regards sur ce qui lui manque. Teddy s'énerve quand il surprend les curieux : « Je suis comme je suis que ça vous plaise ou non ! » et je crains de m'attirer sa colère.

En tournant les pages de l'album où je place mes photos dans l'ordre chronologique, je scrute les visages successifs de Teddy : sur des prises récentes ses joues lisses le font apparaître comme un adolescent alors que les plus anciennes donnent à voir un jeune homme aux traits émaciés. D'un jour à l'autre, son regard semble éteint, filtrant à peine sous les paupières tombantes, ou vif, ouvert, intelligent. De plus, Teddy se plaît à modifier son apparence. En deux ans, il a expérimenté la moustache et le bouc, le collier, le rasage de la barbe, la coupe militaire, une abondante chevelure bouclée, une crête sur le sommet du crâne avec les oreilles bien dégagées. Si ma collection ne peut cerner la personnalité de Teddy, elle fait ressortir sa recherche d'identité.

Quelques images ont fixé à notre insu des instants de vérité. Je pense à cette soirée dans un café de la Bastille. Distrait par les nouvelles aventures qu'il racontait en rigolant, je n'ai pas perçu l'appel de son regard qui ressort pourtant sur l'une de mes photos. Plus tard, juste avant de le quitter, j'ai ressenti son désarroi. Je l'ai photographié encore une fois et je suis parti sans me retourner pour éviter de me confronter avec une souffrance qui me paraissait sans remède. J'ai maintenant tout le loisir de regretter ma fuite en regardant cette image où, exposé sur l'escalier de l'Opéra, les mains tendues vers moi, il paraît abandonné.

Place Blanche

Teddy s'installe à Pigalle avec Kevin, le garçon qu'il a rencontré à la gare de l'Est. Il me donne un modèle pour que je lui tire des flyers. Sur un plan des abords de la place Blanche, une flèche pointe le débouché de la rue Fontaine où chacun peut les trouver « pour animer tous styles de soirées Privées ou Publiques ». De fait, ils sont assis toute la journée sur leurs sacs, dans un renfoncement de la façade du Monoprix.

Ce qui l'attire ici c'est le monde des bars et de la prostitution. Pigalle est lié à l'image qu'il se fait de son père. Il en parlait comme le caïd de la Bastille et, maintenant, il le présente comme un souteneur bien connu des tenanciers du quartier. Je suis curieux de savoir quel homme il était :

– As-tu une photo de ton père ?

– Je n'ai rien mais le patron du sex-shop à côté du Monoprix m'a promis de m'en donner une.

– Comme ça tu auras un souvenir de lui.

Teddy sourit :

– Le patron m'a dit que mon père est actuellement à Paris et qu'il va bientôt me téléphoner.

La nouvelle est sidérante car le garçon m'a souvent affirmé que son père était décédé. Certes, il m'a donné plusieurs versions des circonstances de sa fin avant de le faire mourir sous les balles de la police, mais je reste persuadé que le fond de l'histoire est vrai. Interroger Teddy ce serait s'immiscer dans la relation qui existe entre un fils et son père, que celui-ci soit mort ou vivant. Dans les jours qui viennent, je me garderai bien de poser des questions sur l'appel tant espéré et Teddy, j'en suis sûr, ne m'en parlera plus.

Le 18ème arrondissement est animé jour et nuit par la noria des touristes. Harassés, encombrés par leur matériel photographique, ils s'égrènent devant les commerces de charme, assaillis par les rabatteurs des bars, des clubs, des exhibitions érotiques. Ils stationnent place Blanche pour prendre des millions de clichés du Moulin rouge avec ses ailes qui tournent sans un souffle d'air. Plus tard, ils parleront de Pigalle à leurs amis avec un clin d'œil qui en dira long. Pourtant, ils n'auront que leurs photos pour se rappeler du quartier. Celui-ci a perdu jusqu'à l'apparence de ce qu'il a été, quand le peuple s'amusait au pied de la butte. Les voyageurs d'aujourd'hui ne rencontrent ici que des travailleurs de l'industrie touristique. Ils ne connaissent avec eux que des rapports marchands. S.D.F. et nécessiteux les attendent pour quémander les miettes de leur consommation.

Pour Teddy, la manche n'est pas seulement un moyen de subsistance. C'est également une façon d'exister autant que possible aux yeux des gens. Le garçon entend jouer son rôle dans le spectacle de la rue. Il s'assoit sur le macadam pour que des personnes se penchent sur lui et le reconnaissent. Il discute chaque jour avec des résidents de la rue Fontaine. « Je suis bien considéré par les flics du secteur, dit Teddy, car il peuvent compter sur moi pour que tout se passe bien dans la rue ». En tout état de cause, il entretient des brouilles et des embrouilles suivies de retour d'affection avec de nombreux copains. Il se plaint d'être harcelé par les meufs. En attendant de se faire entretenir par « une vieille de 55 ans » qui le drague, Teddy regarde les jolies femmes qui passent devant lui. Parfois, n'y tenant plus, il se redresse et sautille lourdement derrière la dame qui finit par se retourner. Il laisse alors pendre ses mains comme des pattes de chiot et gémit : « Voulez-vous m'adopter ? ». Reprenant ses cannes, le garçon va au devant des passants. Au feu rouge, il se penche à la portière des voitures pour solliciter les automobilistes. Même en ce cas, bien que le contact soit forcément rapide, il suscite la sympathie. Le chauffeur du bus qui remonte la rue Fontaine met souvent de côté un euro qu'il lui remet au passage.

Je découvre que faire la manche c'est un vrai travail ! Quand Teddy a besoin d'argent, il reprend un treillis déchiré, une casquette dont la visière est patinée par la crasse urbaine, et il prend soin de planquer son portable. Il s'impose des horaires ou se promet de ne pas bouger avant d'avoir gagné 20 euros. Son activité exige un savoir-faire et de la motivation. La monnaie afflue quand, de bonne humeur, il recherche le contact avec les gens. Au contraire, il n'obtient rien quand il est triste, déprimé, replié sur lui-même. Car Teddy vend le courage et l'optimisme dans l'adversité qu'il représente pour les autres.

Dans le vacarme de la rue, impossible d'écouter Teddy sans m'accroupir près de lui. Assis dans un fauteuil, installé derrière un bureau, je suis considéré comme une personne autonome et responsable. Je suis toujours le même homme quand je suis au ras du sol. Pourtant, les gens me voient comme un exclu, vulnérable et démuni. Ce n'est pas seulement à l'intention de Teddy qu'ils mettent des pièces dans la sébile posée devant nous. Une petite fille s'approche timidement et me donne des bonbons. Puis un jeune homme glisse à Teddy un bout de shit en le priant de m'en donner la moitié !

Teddy s'est installé dans un squat. C'est un magasin abandonné de la rue de Douai, proche de la place Blanche. Pour entrer, il suffit de lever le contreplaqué qui remplace l'une des vitrines et d'enjamber une murette. L'intérieur est obscur. A la lueur d'une bougie, je distingue des matelas, des paquetages, des monceaux de vêtements, deux sièges dépareillés, des bouteilles vides, des boîtes de conserve ouvertes… Il flotte sur ce désordre une odeur de détritus. Ils sont cinq ou six à occuper deux petites pièces.

Il y a deux ans, j'emmenai Teddy déjeuner ou prendre un verre dans le quartier des Halles. Maintenant, il ne bouge guère, toujours entre la place Blanche, la rue de Douai et la rue Fontaine. Chaque fin d'après-midi, quand, stressé, il se frotte nerveusement le front, il fume un joint et va boire une bière au « Gothik- bar ». Le barman s'intéresse à Teddy. Grâce à lui le jeune homme s'occupe de la sono et peut enregistrer des CD sur le matériel du bar. Toujours fervent de musique techno, il veut se constituer une collection de CD récents qui lui permette de travailler comme D.J. Il rêve aussi d'ouvrir un « squat musical » dans le magasin de la rue de Douai.

Aujourd'hui, Teddy n'est pas assis devant le Monoprix. Kevin, qui garde les sacs, pense qu'il se trouve dans une boutique internet. Je descends la rue Fontaine à sa recherche. Soudain, on m'appelle. Le garçon, sur le seuil du Gothik, m'invite à le rejoindre. Nous nous accoudons au bar, juchés sur de hauts tabourets. Les murs sont peints en noir. La décoration est macabre avec un cercueil dressé dans un coin de la salle. Je remarque au dessus du bar une fausse jambe chaussée d'un brodequin de cuir noir. Coupée à mi-cuisse, elle présente une plaie et des écoulements sanglants. Le barman a suivi mon regard :

– Teddy met de l'ambiance avec cette jambe. L'autre soir, il l'a glissé dans son pantalon. Quand une cliente est venue discuter avec lui, il a d'un coup retiré la jambe et l'a mise sous son nez ! La femme était traumatisée. Elle a été obligée d'aller dehors pour se remettre. Tout le monde était mort de rire !

– J'étais complètement défoncé, précise Teddy. J'avais pris trop de gifles !

– La « gifle » c'est ma spécialité, explique le barman, un mélange de six alcools blancs qu'il faut boire d'un trait avec une paille. Après cinq ou six verres, j'ai offert à Teddy un orangina.

A Pigalle, même sans argent, le jeune homme n'a jamais faim. Les fast-foods ne refusent pas de lui donner leurs invendus, kebabs ou pizzas. Cependant, je l'invite souvent au « Palmier », une brasserie de la place Blanche, pour qu'il puisse choisir ce qui lui plaît. Il oublie quelquefois mon invitation et, en arrivant rue Fontaine, je le surprends en train de bâfrer du pâté tiré d'un sac en plastique ou de racler une carcasse de poulet.

De toute façon, l'appétit du garçon n'est jamais en défaut. Après avoir dévoré «la pièce de boeuf du boucher» et fini mes légumes, Teddy nettoie soigneusement son assiette avec du pain pour me faire comprendre qu'il a envie d'un seconde tranche de viande. Une fois, après les deux épaisses tranches de bœuf, il a demandé un sandwich pour se caler l'estomac ! Il n'est pas amateur de dessert. Alors nous terminons avec «l'assiette du berger», un choix de fromages à partager. Il happe les morceaux de brie ou de cantal que je lui présente au bout de ma fourchette.

Derrière les baies vitrées de la terrasse, les néons brillent dans la nuit. Nous sommes isolés du bruit de la rue. Personne ne peut nous interrompre comme le font sans cesse les copains de Teddy. Nous pouvons aller jusqu'au bout de nos questions et de nos réponses.

Ses vêtements sont tachés et déchirés. Sa chaussure est informe. Je lui propose d'aller Porte de Clignancourt et d'acheter de quoi l'habiller convenablement. Il reconnaît sans trop se faire prier qu'il a besoin d'un treillis et de rangers.

Il fait très chaud. Nous prenons un taxi. Au marché aux puces, nous nous arrêtons à la première boutique de surplus. Il choisit deux pantalons de treillis, l'un kaki et l'autre noir, et un gilet doté de nombreuses poches qui sera certainement très pratique pour garder sa monnaie. Il y a bien des rangers dans la boutique, mais seules les neuves sont à sa pointure. Or, il préfère des chaussures d'occasion. Il pense que ce sera plus convenable pour faire la manche et, d'autre part, il se soucie comme d'habitude de limiter les dépenses que je fais pour lui. Nous nous mettons en quête d'autres boutiques et, assez vite, nous trouvons ce qu'il lui faut. Teddy essaie un premier brodequin, mais il le serre un peu et, de plus, le cuir est très abîmé. Alors il se ravise et trouve d'autres rangers dont l'état est irréprochable. Teddy s'amuse à demander une réduction puisqu'il ne porte qu'une chaussure !

– Vous vous êtes planté en moto ? demande le marchand.

– Non, j'ai eu une maladie...

– Moi j'ai failli perdre ma jambe à cause d'une gangrène après un accident de moto...

Finalement, l'homme réduit le prix des rangers de 35 à 25 euros et fait cadeau des lacets et d'une boîte de graisse pour l'entretien.

Pendant que Teddy cherche une casquette dans le magasin d'en face, j'ajoute à nos achats deux bracelets de cuir pour lui faire une surprise. Le premier bracelet, étroit, clouté, ne lui déplaît pas, mais ses yeux brillent quand il voit le poignet de force : « Je voulais justement le même... ». Le garçon entreprend d'attacher les deux bracelets. Il n'arrive pas à les boucler et me tend son bras en me demandant de l'aider.

Nous sortons du marché. Le garçon a gardé sa nouvelle chaussure et porte son gilet. Content, il répète qu'il est bien habillé, que le gilet lui plaît, que les rangers sont super. Il me sourit : « Merci papa ». C'est un plaisir de le voir redresser la tête depuis qu'il est habillé de neuf. Teddy a belle allure. Il va encore faire des jaloux parmi ceux qui ont remarqué que je fais attention à lui.

– Il vaut peut-être mieux que tu ne dises pas que je t'ai offert ces vêtements.

– Mais non, je ne raconterai pas d'histoires, je dirai que c'est toi qui me les as achetés...

Quand je lui fait remarquer qu'il n'a pas enlevé l'étiquette du gilet, il répond qu'il préfère la laisser en place. De même, il n'a pas effacé l'inscription à la craie qui indique la pointure sur le côté de la semelle de sa chaussure.

De : djTeddy8075@laposte.net
À : marc431405@wanadoo.fr
Envoyé :10 août 2003 19.27
salut marc comment vas-tu mon cher ami ? moi ça va tranquille il y a 2 jours de ça j'ai tapé une crise d'épilepsie et je me suis fais voler mes affaires comme le bracelet de force et je me suis fais embarquer par les pompiers mais ce n'est pas grave... enfin toi qu'est ce que tu deviens et toute ta petite famille. j'espère te voir très prochainement sur Paris teddy

J'arrive en pleine canicule. Teddy me raconte que le sac où il avait mis ses vêtements neufs a été volé par les occupants du squat, pendant son hospitalisation. Depuis, Kevin et les autres sont partis se rafraîchir à La Rochelle. Ce matin, je suis passé rue de Roubaix et j'ai constaté que la vitrine défoncée qui permettait d'accéder au local était condamnée par une plaque d'aggloméré vissée aux montants. Cette fermeture est récente car Teddy n'est pas au courant. Les sacs laissés par les squatteurs ont probablement été saisis par la police qui aurait l'habitude de les détruire. Il regrette seulement le bracelet de cuir que je lui avais offert et qui a disparu à l'hôpital, alors qu'il était inconscient. Pour ce qui est du vol au squat, je suis persuadé qu'il manifeste la jalousie que mes achats pour le garçon ont suscités chez ceux qu'il considère toujours comme ses copains. Quand, la dernière fois, je leur ai demandé où se trouvait Teddy, l'un d'entre eux a remarqué aigrement qu'il avait bien de la chance que l'on s'occupe de lui.

La chaleur est insupportable. Je propose à Teddy de prendre une douche dans ma chambre à l'hôtel du Chat noir. Nous discutons longtemps, assis sur le lit, puis il entre dans la salle de bain. Il ne ferme pas la porte. Après un moment d'hésitation, je me décide à le rejoindre. Le garçon est assis dans la baignoire. En me voyant, il se ramasse sur lui-même comme pour se protéger :

– Je te frotte le dos ?

– Si tu veux... Tu me fais penser à un prof qui disait toujours « il n'y a pas de mal à se faire du bien ».

Nous bavardons. Au détour d'une phrase, il me semble qu'il dit : « Je suis bi... ». Je ne suis pas certain d'avoir bien compris. Il revient à la charge en détachant bien les mots : « Je kiffe les meufs et les mecs ». Je flaire un piège. Il reprend :

— J'ai embrassé des copains homos pour décourager des meufs qui me harcelaient.

— Mais tu m'a souvent dit que tu n'aimes pas les gays.

— Un vieux m'a proposé de coucher avec lui et j'ai refusé. Tu comprends, il n'arrivait même plus à marcher ! C'est pas pareil avec un pote...

Teddy sort du bain. Je lui lance une serviette qu'il enroule autour de sa taille et je l'aide à se sécher. Son buste est bien dessiné, et je pourrais envier ses larges épaules. Il tient à me montrer les marques de sa chute au bord du trottoir, quant il a été terrassé par la crise. Puis c'est l'inventaire de ses blessures : une entaille de serpette sous son bras droit, deux coups de couteau dans le dos, le trou d'un cathéter à la base du cou... Il me fait toucher ses cicatrices comme si j'avais le pouvoir de les effacer.

Le garçon remet son pantalon. Il se jette sur le sol pour des exercices de gymnastique : d'abord des pompes vigoureusement et rapidement exécutées, puis des torsions du buste qu'il fait avec le pied engagé entre les barreaux de la chaise. A la fin, il essaie de le retirer si brusquement qu'il reste coincé. Je dois l'aider à se libérer. Il se lève, reprend son souffle, se penche à la fenêtre pour observer les passants.

Nous allons au Flunch de la place de Clichy. Fatigué par la chaleur, je n'ai pas très faim. Teddy s'en inquiète et insiste pour que je mange un peu. C'est plutôt sa santé qui me préoccupe :

– Essaie de ne pas boire trop d'alcool. Ce n'est pas ça qui peut te désaltérer quand tu as chaud, et tu risques un malaise ou pire. Tu crois pas que ce serait idiot de crever à cause de l'alcool ou de la drogue après avoir échappé au cancer ?

– Tu sais, j'ai bien réduit mes doses...
– Je t'en prie, prends soin de toi !

Le lendemain, en partant travailler, je vois Teddy allongé sur le trottoir de la rue Fontaine. Il dort profondément, à demi sorti de son sac de couchage, le visage baigné par le soleil matinal. L'un de ses bras nus encadre sa tête et l'autre est ramené contre son corps avec la main posée sur la poitrine. Ainsi exposé, il serait admiré par les visiteurs du Louvre. Ici, les passants contournent le garçon couché en travers du trottoir. Aucun ne s'arrête pour le regarder.

    Je le retrouve en début d'après-midi, bien réveillé. Teddy veut retourner à l'hôtel du Chat noir. Il est déçu d'apprendre que je suis venu lui dire au revoir, car je dois bientôt quitter Paris. Cependant, il vient de recevoir son allocation et désire retenir une chambre pour m'inviter chez lui. Le réceptionniste lui donne le choix entre la chambre 36 que j'ai quittée ce matin ou une autre, moins bruyante, située au dernier étage. Il préfère néanmoins la 36. A mon retour, nous irons acheter un nouveau treillis au marché de la Porte de Clignancourt. Teddy craint de dépenser en deux jours la totalité de son allocation. Il me tends deux billets de 20 euros : «Tu les gardes pour moi, comme ça je pourrai m'acheter ce que je veux lorsque tu reviendras». Après un instant, il me donne encore deux billets, puis un autre. Je proteste en remarquant qu'il n'a pas besoin de me confier 100 euros pour l'achat d'un treillis. Son idée, en fait, est de constituer un dépôt qui lui permette de ne pas se trouver démuni quand il a besoin d'argent en courant de mois. Alors j'accepte, content de la confiance qu'il me prouve.

Au moment du départ, il me touche l'épaule avec la main. Bien sûr, il ne manque pas de me faire des bises quand nous nous quittons ou nous retrouvons, mais c'est là une pratique banale entre copains. Je perçois cette fois dans son geste une tentative pour me retenir.

Trois jours après, je téléphone pour avoir des nouvelles. Comme souvent vers quinze heures, Le garçon est dans la boutique internet de le rue Fontaine. Il me répond sans cesser de dialoguer sur un forum. Il me dit négligemment qu'il a eu des convulsions au Gothik le lendemain de mon départ. Les pompiers sont venus. Cette crise n'a pas été causée par l'épilepsie mais par la déshydratation dont beaucoup de S.D.F. sont victimes Je suis consterné. Teddy est toujours plus ou moins en danger et j'enrage de ne pas être à côté de lui pour éviter ou limiter les dégâts.

Rue Fontaine

J'arrive rue Fontaine. Teddy, assis sur son sac, dans l'encoignure du Monoprix, à l'air content :
— Tu sais quoi ? J'ai trouvé un logement !
— Ah bon ! C'est où ?
— Juste en face ! Tu vois, au premier étage, c'est la fenêtre de ma chambre...
— Ça alors ! C'est un squat ou une location ?
— Ni l'un ni l'autre. Romain, le gérant de la société d'informatique qui occupe les locaux me laisse une ancien bureau. En échange, je l'aide à faire ses factures.
— C'est super ! Tu le connais depuis longtemps ?

— Il discute avec moi depuis que je suis à Pigalle Il m'attend maintenant pour le boulot. Viens avec moi pour faire connaissance.
 — Je ne veux pas le déranger .
 — Il désire te rencontrer. Allez on y va...
 Romain est un homme grand et mince, dans la quarantaine. Installé dans le quartier depuis quelques mois, il n'a pas manqué de remarquer Teddy. Le garçon lui a dit qu'il cherchait un studio à Pigalle mais que les loyers étaient trop élevés pour lui. Alors Romain a pensé qu'il pouvait héberger Teddy dans ses locaux professionnels où il lui restait de la place.

Teddy m'ouvre la porte de sa chambre. La pièce est assez grande, bien éclairée. Romain l'a meublé avec une couchette, un fauteuil, un plan de travail posé sur des tréteaux. Il a fixé des rayonnages au mur pour le rangement. Il s'agit du strict nécessaire mais, après les nuits dans la rue, le logement paraît confortable. Il y a des toilettes et une douche sur le palier. Romain demande au garçon de ne pas recevoir de visiteurs pour préserver la tranquillité des occupants de l'immeuble, mais il fait une exception pour moi.
 Je suis invité à rester dans son bureau pour voir travailler Teddy. Le nouveau secrétaire

constitue une base de données avec les coordonnées des clients de la société. C'est la première fois que je vois le garçon aussi absorbé, attentif à ne pas se tromper. Au bout d'une heure, Romain contrôle le fichier et ne trouve qu'une erreur. J'aurai apprécié que Teddy fasse la pause avec moi au Palmier, mais il veut continuer sur sa lancée. Sans insister, je quitte seul les locaux.

Installé à la terrasse, j'ai la surprise de voir arriver Romain. Il a envie de me parler du garçon : « Je l'ai trouvé courageux en le voyant transporter au premier étage mes casiers pour le rangement des archives. Teddy a reçu une formation aux tâches de secrétariat mais n'a pas d'expérience professionnelle. Sachant qu'il n'est pas facile de trouver un premier emploi, je souhaite l'aider à s'insérer. Je procéderai étape par étape afin qu'il se conforme à un horaire, qu'il mène jusqu'au bout son travail, qu'il prenne des initiatives. Si tout va bien, je l'embaucherai. »

Nous échangeons nos numéros de téléphone. Je ferai ce que je pourrai pour contribuer à la réussite de ce projet. Mon rôle est plus facile que celui de Romain car je n'ai pas à gérer quotidiennement la relation avec Teddy. Quand il essaye de retarder mon départ, je m'en tire en lui répétant qu'il me serait impossible de revenir si je ne le quittais pas.

Ancien bureau, la chambre de Teddy est équipée d'un accès à internet et d'un ordinateur portable sauvé de la casse. Le jeune homme passe beaucoup de temps à surfer. Il a trouvé des sites qui reproduisent certaines fonctions d'un studio et permettent de s'exercer au mixage.

Les possibilités de ce jeu sont très limitées. Teddy, qui se sent bridé, envisage l'achat d'une table de mixage, d'un ampli, d'un double lecteur de CD et de baffles conçus pour l'animation de soirées. Nous consultons les magazines spécialisés, comparons les offres, et additionnons les prix. Les propositions d'un magasin de la rue Monge nous paraissent avantageuses mais, en investissant la totalité de ses ressources, il manque 100 euros. Je lui remets cette somme trop heureux de contribuer à la réalisation de son rêve.

Teddy ne se lasse pas de me faire admirer le matériel qu'il vient d'acheter. Il ne manque plus que les platines qu'il souhaite se procurer au début du mois prochain, dès qu'il recevra son allocation. En attendant, il lui faut quelques CD pour s'exercer. J'avancerai le montant de ce nouvel achat et le peu d'argent qu'il lui faudra pour se nourrir les prochaines semaines. J'emmène le garçon en taxi boulevard Saint-Michel. Il trouve les compilations qu'il cherche chez Gibert Joseph. Il fait beau, Teddy est joyeux, que demander de mieux ? En sortant du magasin, nous croisons un homme qui lui demande un euro :

– Je peux rien te donner, moi aussi je suis à la rue.

– Moi je peux lui donner quelque chose…

– Tu t'occupes déjà d'un S.D.F., c'est bien suffisant !

– Arrête Teddy ! Tu sais bien que pour moi t'a jamais été un S.D.F..

Il me sourit, satisfait de la réaction causé par sa provocation. Il évoque le passé :

– Je commence juste à me remettre de ce que j'ai vécu.

– J'ai envie que ça dure.

Je désire comprendre la musique qu'il aime. Je l'interroge sur les caractéristiques et le mode d'emploi de chaque appareil. Puis il commence à mixer, les écouteurs sur les oreilles. L'air grave, les yeux clos, il se dresse sur sa jambe, porté par le rythme, et esquisse sur place une danse. Je prend une photo de lui que j'intitule "Teddyange" car il est transfiguré par la musique. Ce sera le pendant d'une image du mois dernier qui montre "Teddydémon" grimaçant dans la fumée d'un joint ! Le garçon est dans son monde mais, de temps en temps, son regard m'interroge. Il se demande si j'apprécie le contrepoint qu'il trouvé entre les CD dont il combine les sons sur la table de mixage .

− Je cherche une nouvelle musique que tu vas aimer, dit Teddy

Sans cesser de discuter avec moi, il mélange la techno et "La lettre à Elise". Content de ce morceau qui coule de source, il l'enregistre dans un fichier sous le titre "teddypourmarco". Il le jouera en introduction d'un défilé de mode que le Gothik lui a demandé de sonoriser.

Je ne fais que bosser sur mes projets...

De : djTeddy8075@laposte.net
À ; marc431405@wanadoo.fr
Envoyé : 02 novembre 2003 8:56

yes man ! comment vas-tu et ben moi je suis bien fatigué je fais que bosser sur mes projets en ce moment je suis en train de créer une nouvelle playlist pour le mois de novembre avec les sons du mois dernier pour créer un remix endiablé j'ai un plan boulot avec un dj et il me tarde de bosser avec lui il veut créer un label de soirées sur paris et je pense qu'en mettant nos idées en commun ça va se faire, sinon en ce moment je suis en train de faire un fly avec des couleurs pour l'envoyer en e-cards et me faire un mailing pour les soirées à venir mais je suis un peu débordé par les évènements et je peux te dire que c'est dur mais bon je suis heureux de recommencer dans ce milieu ça me manquait et je manquais à beaucoup de monde sur paris car j'ai repris des contacts avec des personnes que je n'avais pas vu depuis longtemps et ça fais plaisir de retaper des sets a quatre platines comme au bon vieux temps quand j'étais en formation, vendredi soir j'ai tapé un set house comme je te l'ai montré avec du bon son et avec ma petite touche personnelle, je peux te dire que j'ai hâte d'être le 6 pour enfin investir l'argent dans les platines vinyles ça va être sympa, j'espère te voir très prochainement si tu veux appelles-moi dans la journée je te souhaite un bon dimanche et peut-être à plus tard DJ MISTER TEDDY

Malaise

A mon retour, je suis frappé par le désordre de la chambre de Teddy. Ses vêtements sont entassés dans un coin alors que les étagères restent inutilisées. Il y a sur le sol, sur le lit, sur la table, des restes de pizzas, des fruits pourris, et divers débris dont les relents sont gênants malgré la baie entr'ouverte. Il répète que ce n'est pas facile pour lui de faire le ménage, et que de toute façon il est « bordélique ». Je lui propose mon aide et remplis très vite deux sacs avec les détritus. Je sors pour les mettre à la poubelle, précédé par Teddy que j'ai invité à dîner. Il descend lentement l'escalier, en stationnant sur chaque marche. Je comprends qu'il néglige parfois de se débarrasser des ordures.

Au Palmier, devant une côte de bœuf, Teddy mesure le chemin qu'il a parcouru depuis un an :

– C'est grâce à l'appui de Romain et à toi qui m'a redonné confiance…

Je lui tend ma main qu'il serre longuement. Touché, je laisse échapper une phrase de trop :

– Nous serons amis tant que nous vivrons…
– Je n'en sais rien et toi non plus !

Il se méfie des effusions sentimentales mais j'apprécie qu'il en soit ainsi. Il me semble pourtant que je n'ai pas tort, du moins pour ce qui me concerne. Nous n'avons pas le même âge. Il est au début de son existence qui, j'espère, lui réserve de nombreuses rencontres. Il se liera avec d'autres personnes et oubliera peut-être celui qui n'aura pas eu le temps de l'ensevelir dans ses souvenirs.

Quand il n'est pas occupé au bureau ou au Gothik, qu'il semble d'ailleurs fréquenter moins souvent, Teddy passe son temps dans la chambre, devant ses platines et son ordinateur. Le garçon peut mener de front un dialogue sur un site de rencontre, un mixage, et une conversation avec moi. Il n'empêche que je suis frustré quand, en ma présence, il ne cesse pas d'échanger avec les inconnus d'un site de rencontre alors que nous ne nous voyons que deux ou trois jours par mois. Je suis agacé quand il se débarrasse aussitôt d'un courriel qu'il vient de trouver dans sa messagerie où je l'ai envoyé il y a quinze jours, après l'avoir écrit en pesant chaque mot ! Je m'abstiens de lui faire la leçon car, après tout, je ne suis pas éducateur. De toute façon, il paraît réfractaire à toute injonction. J'essaie plutôt de comprendre.

Un dimanche, en fin d'après-midi. Assis côte à côte sur sa couchette, nous regardons un dessin animé sur l'ordinateur portable. A la fin du film, je remarque le tremblement de ses doigts. Il se penche brusquement en avant, ramasse ses cannes et se met debout. Le corps de plus en plus agité, il s'effondre entre le lit et la table. Rassemblant ses forces, s'appuyant sur moi, il réussit à se redresser. Titubant, il me dit qu'il va pisser. Je l'attends, inquiet, devant les toilettes du palier, craignant une nouvelle chute. Il revient enfin, luttant contre les mouvements incohérents qui l'agitent. Il reste un instant devant sa porte, incapable de l'ouvrir, et frappe violemment le panneau à plusieurs reprises. Le garçon entre enfin dans la chambre, s'effondre sur la couchette, se tourne sur le côté. Les secousses de son corps sont plus marquées. Mais ces convulsions ne durent pas et le calme revient. Teddy semble dormir. Pas vraiment rassuré, je prend mon portable pour alerter les secours.

– Salut Teddy, ça se passe comment ?
– Ça va, ça va, ça va...
– Mais à part ça qu'est-ce qui t'embête ?
– J'ai mal un peu partout, mais surtout à la poitrine.
– Tu as vu un médecin ?
– J'ai téléphoné à l'hôpital où j'ai été soigné en Lorraine. Ils disent qu'il faut des examens de sang sur Paris.
– Tu as fait faire une prise de sang ?
– Non, je ne suis pas tranquille. Le docteur m'a dit qu'il y avait des risques de récidive du cancer.
– Raison de plus pour faire vite... et puis les résultats peuvent te rassurer.
– On verra, on verra, on verra... Tu m'as dit que tu venais à Paris ?
– On se voit bientôt pour discuter de ces examens.

En entrant le lendemain dans sa chambre, je constate que l'accumulation de vêtements, de sacs, d'objets ramassés dans la rue, de déchets divers a empiré. La moquette bleue est maculée, en partie arrachée. Il est urgent de descendre à la poubelle les sacs qui débordent d'immondices. Bien qu'il soit quinze heures, Teddy somnole, protégé par un monceau de couvertures. Je viens de le réveiller. Il se redresse en bougonnant, au bord du lit.

– Oh là là ! Je t'ai mis de mauvaise humeur pour toute le journée.

– Ce n'est pas de ta faute. Je me lève toujours du pied gauche !

Il tient à me parler de ses problèmes de santé. J'écoute, j'essaie de le rassurer. Il se promet d'aller au laboratoire pour la prise de sang. J'attends aussi des nouvelles de son travail mais il répond évasivement à mes questions. Je n'insiste pas. Tandis que Teddy roule le joint sans lequel il ne peut commencer la journée, je vais frapper au bureau d'à côté. L'air gêné de Romain en me voyant me fait deviner ce qui le préoccupe :

– Il y a un problème avec Teddy ?

– Je regrette beaucoup, mais il ne me sera pas possible de l'embaucher.

– Tes affaires ne vont pas bien ?

– Ce n'est pas le cas. Je vais même engager une personne pour mon secrétariat… mais ce ne sera pas Teddy.

— Tu n'est pas content de son travail ?
— Beaucoup de ses factures sont revenues à cause d'erreurs d'adressage. Et je n'ai pas le temps de les contrôler avant leur envoi…
— Il ne faut pas que tu culpabilises. Tu fais déjà beaucoup pour lui en le logeant.
— Je ne vais plus pouvoir l'abriter car j'ai besoin du bureau qu'il occupe pour installer la secrétaire .
— Tu penses qu'il y a possibilité de trouver un logement pour Teddy dans le quartier avec un loyer abordable ?
— C'est difficile. Je cherche une solution... De toute façon, je ne mettrai pas Teddy à la porte du jour au lendemain. Heureusement, tu es là pour lui expliquer ça...

Ces dernières semaines, je me défendais d'un pincement au cœur en mesurant l'importance grandissante de Romain dans le monde de Teddy. Maintenant, je désire surtout ne pas y rester seul.

Romain m'écrit qu'il doit récupérer bientôt le bureau pour le remettre en état. La moquette, très abimée, n'est pas récupérable et il faut la remplacer. De toute façon, ses relations avec le voisinage deviennent difficiles en raison des odeurs dans la chambre de Teddy et de la musique poussée à fond même la nuit. Le garçon n'a pas le moral. Il dit « j'ai envie de retourner dans la rue » et aussi « j'en ai marre ». Romain a reporté au mois d'octobre le départ de son hôte. Il n'y a pas de solution en vue pour un relogement. Mais Romain est convaincu que Teddy n'attend pas seulement un soutien matériel et que je peux le réconforter.

Teddy laisse d'ailleurs des messages sur mon portable comme « Je suis cette nuit sur MSN, tu peux me joindre si tu veux » ou « Si tu veux me téléphoner, pas de problème… » et encore « Quand tu viens à Paris ? ». L'autre soir, j'ai ressenti de la tristesse dans sa façon de s'exprimer, plus lente et plus sourde que d'habitude. Quand je l'ai rappelé un peu plus tard, il s'esclaffait avec les clients du Gothik. En ce cas, il n'est pas possible de discuter avec lui. Le lendemain, il était trop occupé à manger pour que je puisse avoir avec lui une conversation un peu suivie. Il y a un décalage entre ses appels qui paraissent désespérés et son indifférence lorsque c'est moi qui le joins. Quand Teddy n'a pas besoin de s'assurer que je suis là pour lui, la discussion peut tourner court. Il ne me dit rien des résultats de ses examens médicaux, ni de ce qu'il ressent depuis que Romain prépare son départ. Je m'abstiens de quémander ses confidences. Il faut chercher ailleurs des signes.

De : djTeddy8075@laposte.net
À :marc431405@wanadoo.fr
Envoyé : 29 septembre 2004 11.25
salut marco et ben je te donne de mes nouvelles je peux te dire que c'est chaud pour moi je dois quitter ma chambre car une personne a balancé que je dormais dans le bureau donc je dois quitter les lieux d'ici dimanche c'est pour ça que si tu es d'accord est ce que je peux envoyer ma sono chez toi car je n'ai pas d'endroit où la mettre, sinon à part ça rien de neuf je retourne dans la rue plus tôt que prévu et je ne peux faire autrement alors je vais voir comment m'en sortir du moins pour cet hiver mais ça va aller, a plus mister teddy

De : marc4314@wanadoo.fr
À : djTeddy8075@laposte.net
Envoyé : 29 septembre 2004 13.10
Je ne suis pas surpris par la décision de Romain. On en parlera quand tu voudras. Quels appareils à caser ? La table à mixer, le lecteur de CD, mais aussi les baffles ou autre chose ? De toute façon pas de problème pour prendre ta sono chez moi, mais n'as-tu aucun moyen de la faire garder à Paris ? Tu pourrais la récupérer plus facilement quand tu auras trouvé un logement Ce serait mieux car autrement il faudra pour l'envoi que

l'emballage soit solide et qu'il isole et protège bien le matériel afin d'éviter les dégâts. En plus, les frais d'expédition sont très élevés. Pourquoi ne pas parler de ce problème à Romain ou à un de tes amis dj. Il y a sûrement une solution. Enfin tu vois et tu me tiens au courant. Pour ton hébergement, tu pourrais voir une assistante sociale pour demander la prise en charge d'une chambre d'hôtel et, ensuite, d'un studio. Il y a diverses solutions d'hébergement chez Emmaüs, par exemple. Et avec l'hiver qui arrive il y a forcément des possibilités sérieuses d'avoir un lit. Tu peux aussi retourner quelques mois en Lorraine chez ton oncle, comme tu l'a déjà fait. Mais je sais bien que tu préfères une solution sur Paris… En tout cas c'est pas le moment de te défoncer la gueule, mais de faire quelques démarches pour vivre bien. Je suis certain que tu te débrouilleras mais, si tu le souhaites, nous pouvons en discuter.

A la fin de septembre, il est entendu que le matériel restera à l'abri dans les locaux de la rue Fontaine. Teddy s'en ira au début du mois suivant.

Survivre

Le jour de son départ, le garçon a vidé son compte afin de participer aux frais de remise en état du bureau. Romain a refusé de prendre l'argent. La pluie ne cessait pas. Le garçon envisageait d'aller dans un squat avec un pote. Finalement, il a pris une chambre pour une nuit à l'hôtel du Chat Noir.

Teddy est maintenant allongé sur une couverture étendue sur le trottoir, face à son ancienne adresse. Romain peut le voir de la fenêtre de son bureau et le croise chaque jour en arrivant et en repartant. Je raconte à Romain l'histoire de Bartleby, le héros du roman d' Herman Melville. C'était un employé qui avait d'abord travaillé sans relâche, avec une application méritoire. Seulement, aux injonctions de son patron, il commença à répondre doucement mais fermement : «Je ne préférerai pas». Finalement, le jeune homme refusa toute besogne sans autre explication qu'un «Je préfère pas». Il s'isola jour et nuit dans son bureau où il demeurait sans travailler. L'employeur fut contraint de le mettre dehors, mais Bartleby resta silencieux devant la porte fermée.

Teddy a fait preuve de bonne volonté pour se mettre au travail. Comme Bartleby il n'a pas persévéré. Sans refuser explicitement d'agir, il a déployé une force d'inertie considérable pour se dérober à une existence d'employé de bureau. Mais Bartleby construisait sa solitude jusqu'à en mourir tandis que la vitalité de Teddy semble prendre le dessus. Le garçon ne supportait plus d'être enfermé entre quatre murs et n'a pas trop souffert de retourner à la rue.

Romain se rend compte que Teddy campe devant sa fenêtre moins pour le culpabiliser que pour ne pas être perdu de vue. Il me montre une image rapportée d'un voyage en Inde. Elle représente un yogi hirsute, mains jointes, en équilibre sur une jambe, l'autre repliée contre la cuisse. « Il veut la liberté pour exprimer sa personnalité » commente Romain. Le garçon, de même, se soumet à l'ascèse de la vie sans domicile. Il exerce sa liberté en mettant en scène son infortune. Dehors, il n'est pas seul. Si des personnes l'évitent, d'autres s'approchent de lui. Cette dame lui conseille des démarches pour se loger. Une autre femme, infirmière, soigne bénévolement une plaie que Teddy s'est faite à la tête en tombant sur le trottoir. Les policiers du quartier et les professionnels et bénévoles du SAMU social ont compris qu'il n'accepterait jamais d'aller dormir à Nanterre ou dans un foyer pour S.D.F. Quant à l'hôpital, il ne faut plus lui en parler. Les intervenants qui connaissent Teddy se contentent de le saluer et de s'assurer qu'il n'a besoin de rien d'autre qu'un peu de conversation. Il a retrouvé des potes. Kevin n'est jamais revenu de La Rochelle mais Andreï l'a remplacé. C'est un géant dont la chevelure blonde tombe sur ses épaules. A l'entendre, il aurait servi dans l'armée russe. Avec son expression extatique, sa vareuse noire, ses bottes, il pourrait figurer dans un roman de Dostoïevski. Quand il n'est pas assommé par l'alcool ou le Skenan, il pousse le fauteuil de Teddy ou l'aide à faire ses courses. Il y a aussi Béa, une étudiante pâle et menue qui habite avec ses parents un immeuble bourgeois du quartier. Béa est touchante quand elle serre Teddy dans ses bras, la tête blottie contre sa poitrine. Ce soir, en compagnie de Riri, ils mangent du cervelas enveloppé dans du papier. Je m'aperçois que le sac de plastique posé devant Teddy dissimule une bouteille de vin : « Ah non ! Tu ne vas pas recommencer avec le rosé comme au temps de la gare de l'Est... ». Il me fait taire en me versant un peu de vin dans un gobelet en carton. Je ne peux refuser de boire à sa santé !

D'une semaine à l'autre, Il reconstitue dehors le cocon protecteur de sa chambre avec une seconde couverture, un duvet, des paquets, des boîtes de conserve, des sacs où il met ses restes de repas. Il s'entoure d'objets hétéroclites qu'il trouve dans la rue : un vieux radio-cassettes, le capot d'une borne à incendie, un siège de bureau désarticulé... Il étend son emprise sur le trottoir, ce qui force les passants à faire un détour. Des riverains, furieux, font circuler une pétition pour que les autorités mettent fin à cet étalage qui dégrade leur environnement. D'autres soutiennent le jeune homme et dénoncent l'impéritie des autorités qui ne feraient rien pour lui trouver un logement. Teddy ne veut pas quitter le quartier. Si jamais les policiers l'obligeaient à partir, ils ne feraient que déplacer le problème. Alors ils discutent avec le garçon qui considère toujours qu'il est chargé par la force publique d'assurer l'ordre dans la rue. Alors il accepte de replier ses couvertures et les dispose avec ses affaires au long de la façade du Monoprix. Il ne s'éloigne du mur que sur les roulettes de son siège de bureau.

En ces jours qui précèdent Noël 2004, les médias s'inquiètent du sort des S.D.F. comme ils le font chaque année et le gouvernement réactive le plan hiver. Je ne peux pas faire moins que lui téléphoner.
 – Salut Marc, comment ça va ?
 – Bonsoir Teddy. Ça va et toi ? Tu n'a pas froid ?
 – Ça va, ça va... j'ai ma maison !
 – Ta maison ? Tu as trouvé un squat ?
 – Ce n'est pas un squat. Je me suis fait une maison avec un grand carton de chez Romain.
 – Sur le trottoir de la rue Fontaine ?
 – Oui devant Monoprix, comme d'hab. Tu viens quand pour me photographier ?
 – Début janvier, comme je te l'ai dit... Où dort ton pote Andreï ?
 – Il va toujours dormir dans le parking.

— Ça ne serait pas mieux pour toi de dormir dans ce parking ?

— Je préfère rue Fontaine. Je vais même installer la télé dans ma maison.

— C'est pas possible ! Comment tu peux la brancher ?

— Je vais acheter une petite télé avec des piles.

— Tu as toujours ton transistor pour la musique ?

— On me l'a volé.

— Oh ! Il doit te manquer.

— Non, ça va...

— On ne garde rien dans la rue. Il faut absolument que tu trouves une piaule qui ferme à clé pour conserver ton matériel et pouvoir t'en servir.

— Je fais des démarches. Je vais trouver.

— Tu te sens en forme ?

— Ça va. Je mange de la salade et je bois du whisky pour me réchauffer.

— Abuse pas de la salade alors !

— Tu me connais...

— Au fait, j'ai vu hier soir un reportage à la télé sur ton quartier. Ils ont interviewé deux jeunes mecs devant l'entrée du Monoprix, du côté du boulevard de Clichy, mais tu n'étais pas là.

– J'aime pas trop les journalistes... mais ils ne me cherchent pas.

Teddy a fait sa crèche pour se protéger du froid et capter la sympathie du voisinage. Il refuse les propositions d'hébergement des services sociaux. Il ne veut pas disparaître dans une filière pour exclus, mais être vu par les gens et parler avec eux. La période des fêtes se termine, beaucoup de personnes pensent que les S.D.F. ne veulent pas être aidés, et qu'ils sont responsables de leur situation. La « maison » de Teddy n'attire plus autant d'attention. Il y a déjà des plaintes. Il ne décampera pas ou alors, si la police l'oblige à se déplacer, il finira par revenir à la même place. Pourquoi craindrait-il d'être importun ? Gêner les « bobos », les irriter, c'est encore une façon d'exister devant les autres.

Il soupire : « Qu'est-ce que je veux devenir... ». A une religieuse qui tentait de dialoguer avec lui, il a demandé pourquoi Dieu voulait qu'il soit handicapé et sans domicile. Elle a répondu que Dieu permettait qu'il souffre afin qu'il accède à la Vérité. Il l'a fait fuir en criant « Foutez-moi la paix, je suis athée ! ».

– Pour toi, c'est quoi un athée ?
– Je crois pas à ce que disent les curés.
– Sur quoi tu n'es pas d'accord avec eux ?
– Quand j'avais huit ans, au catéchisme, le curé a dit que Marie a donné naissance à Jésus sans avoir cessé d'être vierge. J'ai répondu que c'était impossible.
– Comment a-t-il réagi ?
– Les autres garçons rigolaient alors il m'a ordonné de me taire. Moi je voulais pas et j'ai expliqué que c'était obligé qu'une femme couche avec un homme pour avoir un enfant.
– Comment cette histoire s'est terminé ?
– Le curé était fâché. Il m'a mis à la porte. Plus tard, il a été voir ma grand-mère en lui demandant de ne plus m'envoyer au catéchisme. Je n'ai pas été plus loin que la première communion.
– Pourtant ta famille était croyante.
– Ça veut rien dire. Dans mon village, beaucoup de gens qui allaient à l'église votaient pour l'extrême droite et racontaient des blagues sur les juifs. Moi j'aimais pas ça. Je ne suis pas raciste.
– Alors tu penses comme Jésus. Il n'était pas raciste et, de plus, il comprenait les S.D.F. puisqu'il était né dans la rue.

—J'irai au paradis alors. Mais si là haut je n'ai toujours qu'une jambe alors je baiserai Dieu !

Teddy se méfie des secours qu'apportent les associations caritatives. Il les soupçonne toujours de vouloir lui imposer leurs convictions et d'exiger de lui docilité et reconnaissance. Teddy ne veux rien devoir à personne. Il tient à préserver sa liberté et renforcer son identité.

Bon anniversaire !

Je téléphone à Teddy :
— Je viens te voir la semaine prochaine. Tu sais pourquoi ?
— Oui, bien sûr, c'est mon anniversaire !
Comme Teddy le souhaitait, j'ai retenu une chambre à l'hôtel des Beaux-Arts où il va lui aussi réserver. Ma chambre est au sixième étage. Je m'allonge sur le lit en me demandant où se trouve la sienne. Je suis certain qu'il va me rejoindre. J'entends de temps en temps marcher dans le couloir mais le clic-clac qui m'alerte provient du départ et des arrêts de l'ascenseur. Soudain on frappe à la porte. Je me précipite pour ouvrir et vois Teddy penché sur ses cannes. Presque surpris après ma trop longue attente, j'en oublie de l'embrasser. Il

me dit que sa chambre est juste en face. Est-ce un hasard si elle est si près de la mienne ?

Après bien des réticences, Teddy s'intéresse au « squat des artistes » du boulevard de Clichy. Il a discuté avec les uns et les autres, et commence à s'impliquer. Son matériel se trouve sur place et il est chargé de la musique pendant les soirées organisées dans l'ancien cabaret. Il prépare justement le prochain spectacle. Je me plains de ne pas pouvoir discuter avec lui car nous sommes séparés par la table à mixer. Il me propose de venir m'asseoir près de lui. Un guitariste vient vers nous pour les derniers réglages. Il serre la main du garçon puis s'adresse à moi : « Vous êtes le papa de Teddy ? »

J'assiste à un défilé de mode suivi par une vente aux enchères de tableaux réalisés par les squatteurs. A côté de Teddy, je ne perd rien du plaisir qu'il prend à mixer. Le garçon sera bientôt hébergé dans le squat. Il n'aura plus à mendier toute la journée pour payer quotidiennement sa chambre d'hôtel.

Pour Teddy, la nuit ne fait que commencer. Après la vente aux enchères, il doit mixer chez une amie qui fait la fête.

– Tu sais, je ne rentrerai que le matin.

– Et alors ? Tu me retrouveras dans la chambre.
– Je ne veux pas te déranger.
– Pas de problème, je ne dormirai pas...

Teddy revient dans ma chambre à six heures du matin. Il s'assoit au bord du lit, enlève son blouson et s'allonge, toujours chaussé.
– Tu peux te mettre à l'aise.
– Mais ça va pas sentir bon !
– T'en fais pas, ça ne me gêne pas.

Il consent à retirer sa chaussure et à s'installer confortablement à côté de moi. Il regarde un programme de dessins animés : « Tu sais, je suis un grand enfant ! ». Toujours plus fatigué qu'il ne l'avoue, il finit par s'endormir. Le jeune homme est abandonné, mais je me refuse de le prendre dans mes bras. Il peut se réveiller et ne pas comprendre mon geste. De toute façon, même si cet acte ne perturbait pas son sommeil, il n'est pas question de tromper la confiance qu'il me fait en dormant dans ma chambre. Je ne veux ni le décevoir ni perdre toute estime envers moi-même. Vers midi, je le réveille comme il me l'a demandé. Il n'arrive pas à ouvrir les yeux.

– Si tu veux, Teddy, je vais faire un tour et revenir dans une heure.
– Non, reste. Je vais me lever. Mais il me faudrait un café...

Je lui ramène un café du Mac Do. Le garçon se redresse pour boire, allume une cigarette, se plaint d'être courbaturé. Il se laisse masser le dos.

Teddy aime la musique techno poussée au maximum de sa puissance. Quelques personnes, durant le spectacle, lui ont demandé d'alterner avec des morceaux plus calmes. Le garçon a compris qu'il devait se constituer une palette de styles musicaux variés.

Nous allons aux Champs-Elysées. Nous cherchons chez Virgin les compilations dont il a besoin. Je suis étonné de le voir choisir des dizaines de CD que nous entassons dans un panier de supermarché. Rien n'est trop cher pour Teddy quand il s'agit de musique. Je fais rapidement les comptes : le montant dépasse l'allocation mensuelle d'adulte handicapé qu'il vient de recevoir ! Alors il retire quelques enregistrements puis en rajoute d'autres. Finalement, il a juste de quoi payer la note. En sortant du magasin, il essaie de faire la manche. Seulement, si l'argent est roi sur les

Champs-Elysées, il semble que personne ne dispose de monnaie!

Teddy n'a plus rien pour arroser ses 24 ans avec les squatteurs. Il me demande de lui prêter 30 euros pour acheter des bouteilles d'alcool. Sa dette envers moi à peine remboursée, il s'empresse de la reconstituer. Je ne suis guère enthousiaste et exige donc de récupérer l'argent dès le lendemain. Il accepte cette condition, mais j'exprime des doutes sur les promesses qu'il me fait. Alors Teddy me tend la main : « Tu paries quoi : un repas ? Autre chose ? » En attendant, je l'invite au Buffalo Grill. Les serveurs, qui le connaissent, lui apportent un gâteau avec des bougies. Je lui offre un badge en forme de cœur où clignotent des lumières multicolores. J'étais sûr de lui faire plaisir : il adore tout ce qui brille!

Ma façon de lui souhaiter son anniversaire doit lui sembler bien tranquille. Nous passons ensuite au squat où il n'arrête pas de boire, de fumer et de rigoler. La fête n'est pas finie quand, à deux heures du matin, fatigué, je me décide à retourner à l'hôtel.

En partant, j'ai dit à Teddy qu'il pouvait me rejoindre dans ma chambre. Il n'est pas venu, trop ivre, sans doute, pour marcher jusqu'à l'hôtel, même si celui-ci n'est qu'à cent mètres du cabaret. J'ai du mal à m'endormir car je pense qu'il préfère se réjouir autrement avec d'autres que moi. La construction raisonnable de ma relation avec Teddy est perturbée par ce qui le pousse à « s'exploser la tête ». Ses sentiments sont sans domicile fixe, mais je gagne chaque jour en spontanéité en le connaissant mieux.

Je quitte l'hôtel des Beaux-Arts en fin de matinée car j'ai réservé dans un autre établissement pour la nuit suivante. Je vais au Louvre où je choisis la galerie des céramiques antiques, à l'écart de la foule des visiteurs qui jouent des coudes pour approcher la Joconde ou la Vénus de Milo. Je traverse des salles désertes en survolant les objets exposés dans des vitrines. Un petit vase grec, sans doute un flacon à huile, retient mon attention. Deux figures d'hommes sont cernées par un fond noir sur la terre cuite. L'un porte l'autre sur son dos en lui tenant la jambe droite repliée contre la cuisse. Il s'agit d'un jeu. Dans un premier temps, les concurrents dressaient une pierre qu'il fallait renverser avec des balles. Puis le perdant devait porter le vainqueur, lequel lui cachait les yeux avec les mains. Le gage prenait fin quand le porteur touchait la pierre avec le pied. J'avance de même, à l'aveuglette...

Sonnerie de mon portable. Il vient de se réveiller : « Alors, tu fais quoi ? ». Je me précipite vers la sortie. Je rejoins la place Blanche. Teddy fait la manche, assis près du distributeur de billets du Monoprix : « J'ai les 30 euros pour te rembourser ». Il ajoute qu'il allait me rejoindre à l'hôtel des Beaux-Arts et semble dépité d'apprendre que j'ai pris d'autres dispositions. Alors, j'y retourne avec lui et reprends la même chambre. Il est 14 heures. Nous tirons le rideau de la fenêtre et nous nous installons sur le lit pour regarder la télévision. Teddy dit qu'il ne dormira pas, mais je sais à quoi m'en tenir... Il me prend à témoin des péripéties d'un premier feuilleton. Au second, ses paupières se ferment, une larme coule. Il se glisse entre les draps et j'arrange la couverture sur lui. J'éteins la télévision.

Il y a longtemps que nous sommes allongés sur le lit. A la fenêtre, le jour a décliné à la jointure des doubles rideaux qui filtrent maintenant le halo rouge d'une enseigne. Entre son corps et le mien, je veille à la distance. Soudain, Teddy se redresse sur la couche, les yeux clos, puis retombe en travers sur ma poitrine. Il remonte sa tête ronde et la blottit sous mon menton. Ma main se place tout naturellement sur son épaule puis sur son front, près de la marque sanglante d'une chute récente. Le temps s'arrête. Je n'éprouve aucun désir, rien que de la joie à laquelle se mêle de la gratitude pour ce qui m'arrive. Alors Teddy se retourne brusquement et j'écarte mes bras pour le libérer. Ses yeux s'ouvrent. Il voit ses cannes jetées sur la moquette, frappe sa cuisse avec sa main, puis me reconnaît. Il est 22 heures. Il va commencer sa journée et je vais pouvoir dormir.

En reconnaissance

Appel de Teddy à neuf heures, ce qui est très tôt pour lui. Il me dit qu'il va « bouger » et qu'il passera sûrement par Lyon. Je suis content, bien sûr, mais je ne suis sûr de rien. Il lui est déjà arrivé de m'annoncer sa venue et d'abandonner son projet le même jour. Je lui demande donc de m'avertir juste au moment de monter dans le train afin d'être certain de le retrouver à Lyon. Teddy, cependant, semble suivre son idée. Il me téléphone plusieurs fois pour avoir des précisions sur les horaires. Plus tard, il m'appelle de Paris pour m'expliquer qu'il n'a pu prendre le T.G.V. Il y a un contrôle sur le quai et, comme il veut voyager sans billet, il lui est impossible de passer. Bien décidé à partir, il me dit qu'il va tenter de prendre le Corail. Un moment après, nouvel appel pour m'informer qu'il est installé dans ce train et qu'il arrivera vers 21 heures.

Teddy approche de Lyon. Je lui téléphone pour lui préciser que je suis à la gare de la Part-Dieu, mais que je monterai dans son train pour aller avec lui jusqu'à la gare de Perrache. Le train arrive, Teddy apparaît à une fenêtre, je peux le rejoindre aussitôt. Me voici en face de lui, dans son compartiment sans lumière, tout à la joie de le revoir. Je lui propose de venir avec moi à l'hôtel, en précisant que j'ai demandé des lits jumeaux. Il semble content de mon initiative.

Dans la chambre, il enlève son treillis et, ne gardant que son slip, se dirige vers la salle de bain. Il n'éprouve aucune gêne à montrer son corps lisse et vigoureux. Après la douche, il vient s'asseoir sur son lit, près de moi. Il regarde la télévision tard dans la nuit. Le lendemain matin, il faut que j'insiste pour le décider à ouvrir les yeux.

En sortant de l'hôtel, le garçon commence à flipper. Il ne retrouve pas une boulette qu'il avait mis de côté pour finir de se réveiller. Je me demande, sans lui dire, si le produit n'était pas dans l'étui froissé d'un paquet de cigarette qui traînait au pied du lit, et que j'ai jeté dans la corbeille à papiers. Nous prenons un café et retournons à l'hôtel. Malheureusement, la chambre est déjà faite et la corbeille a été vidée.

La quête du produit commence. A Bellecour, il se rapproche d'un groupe de jeunes qui stationne sur la place et se fait rapidement des potes. Ils lui indiquent où il peut se procurer une barrette. Nous quittons aussitôt la place. De l'autre côté du fleuve, nous arrivons près d'une station de métro où sont vendus à la sauvette des objets hétéroclites. Je reste à l'écart et observe Teddy qui se mêle à un attroupement. Il échange quelques mots avec un jeune maghrébin qui le quitte un moment puis revient. Ils sont maintenant côte à côte, sans se regarder, mais leurs mains – comme séparées de leurs corps – se touchent et procèdent furtivement à un échange. Puis le vendeur s'éloigne nonchalamment et Teddy revient vers moi. L'affaire a été conclue en trois minutes : une barrette contre 20 euros.

Je propose à Teddy de retourner à Bellecour sans nous attarder davantage, mais il veut fumer tout de suite. Nous allons dans une rue étroite, à une quinzaine de mètres de là. Il s'accroupit, et prépare son joint sans se presser aussi tranquillement que dans sa chambre. Ce qu'il fait n'échappe sûrement pas aux passants, même si l'indifférence s'affiche sur leurs visages. Je me tiens devant Teddy, en faisant face à la rue, comme pour faire écran aux regards. Une voiture s'avance lentement et s'arrête devant nous. A voir les mines sérieuses de ses occupants, je comprends aussitôt qu'il s'agit de policiers en civil. Je n'ai rien à me reprocher, mais je m'éloigne tranquillement comme un badaud qui aurait stationné par hasard.

La panique me prend après avoir tourné au coin de la rue. Je presse le pas, me fourvoie dans une impasse, et me mets finalement à courir. J'arrive enfin au métro, descends l'escalier quatre à quatre, et monte dans la première rame pour Perrache. Il est 17 heures. Imaginant que les policiers vont de toute façon garder Teddy, je me dis qu'il vaut mieux que je reprenne le train à l'heure que j'avais prévue. J'arrive à la gare de Perrache quand sonne mon portable :

– Marc, où es-tu ?

– Ah! Teddy ! Comment ça se passe avec la police ?

– Les flics m'ont dit d'aller fumer ailleurs pour ne pas donner le mauvais exemple aux enfants ! Là j'arrive à Bellecour...

—Tant mieux. J'avais peur que tu sois en garde à vue et j'allais reprendre le train.

– Pars pas ! On se retrouve à Bellecour.

Je ne suis pas fier de moi. Non-fumeur, je reste à l'écart des petits trafics de Teddy. Il ne me reproche pas d'être parti à l'arrivée de la police et ma présence n'aurait probablement rien arrangé. Cependant, j'ai l'impression d'avoir fait défaut. Rien ne me persuade qu'il fallait fuir au moment où le garçon était en difficulté.

A Bellecour, dans un café, je veux tout savoir :

– Au fait, les policiers ont pris ta barrette ?

– Je l'ai toujours dans ma chaussette !

– Tu n'a pas été fouillé ?

– Mais non, ça ne risquait rien...

– Moi je trouve que tu as pris des risques en roulant ton joint sans te cacher.

—T'as pas compris que c'était la bonne façon de s'y prendre pour ne pas être fouillé. Il m'ont pris pour un fumeur occasionnel qui ne sait pas dissimuler !

Teddy fait le malin, mais je l'ai vu rougir quand il a repéré la voiture de police. Encore une aventure à enjoliver ! Loin des policiers, l'affaire me paraît assez drôle et je ris avec le délinquant de ce qui s'est passé.

    Je le quitte pour retourner à Grenoble. Il doit retrouver ses potes de la place Bellecour pour passer la nuit avec eux. Il s'est imposé dès leur première conversation. Aucun n'a son expérience de la rue.

A midi, le lendemain, je me rends à la Guillotière où nous devons nous retrouver. Il n'est pas dans le square au bord du Rhône et je vais explorer un passage souterrain qui, au débouché du pont, permet de traverser le carrefour. Un corps est allongé dans le passage. Le visage est caché mais je reconnais le sac de couchage kaki. Teddy ne s'est pas rendu compte en se couchant dans l'obscurité que l'endroit servait de pissoir. Je suis triste de le voir dormir sur ce sol douteux, ses affaires imprégnées par l'odeur de l'urine. Je commence à lui parler doucement et l'aide à se dégager de son duvet. Je remarque des taches orangées sur son visage :

    − Tu as de la sauce tomate sur le menton. Tu as mangé des spaghettis hier soir ?

    − Ce n'est pas de la sauce tomate mais du désinfectant. J'ai eu une crise hier soir devant le Mc Do et je me suis blessé en tombant. Mes potes m'ont emmené à l'hôpital où j'ai eu plusieurs points de suture.

Encore une crise. Il me semble qu'elles se produisent à des intervalles de plus en plus rapprochés, peut-être chaque quinzaine. Je n'arrive pas à le convaincre de se soigner. Il dit que les remèdes sont pire que le mal.

Nous prenons le métro pour rejoindre la Part-Dieu où il va prendre le T.G.V. Soudain, au détour d'un couloir, nous nous trouvons devant un moniteur de télévision qui nous renvoie l'image d'une caméra vidéo placée en face de nous. Je suis surpris de voir Teddy marcher autrement que moi. J'avais oublié ce qui lui manque car je suis désormais à côté de lui.

Teddy est de retour à Paris. Au téléphone il se félicite d'avoir été à Lyon et d'avoir trouvé sans problème de quoi fumer. Il voudrait bien revenir et a même envisagé de le faire après une récente dispute avec sa meuf. Mais son compte est encore à découvert.

Se poser

Je reçois un bonjour du Cap d'Agde avec des bises de Teddy. C'est la première carte postale que m'adresse le garçon au lieu de m'envoyer un courriel. Elle représente un livre ouvert illustré par une vue du port. «Le Cap d'Agde, assure le texte, est la station idéale pour des vacances de rêve». Teddy, en compagnie de son chien Oscar et d'Andreï, y respire en tout cas un meilleur air que celui de la place Blanche.

Teddy a écrit « A bientôt ». Après quelques jours, il m'annonce au téléphone qu'il va laisser Andreï, au travail dans un restaurant, et passer rapidement à Grenoble : « Je vais chez Hélène, une copine qui habite pas loin de chez toi et je me suis dit que comme ça j'en profiterai pour te voir ».

Je n'attends pas forcément de suite mais il me joint le lendemain. Il vient de quitter le Cap d'Agde en stop. Un long voyage commence pour le garçon en fauteuil roulant, encombré par son chien et ses bagages. Il me téléphone à chaque étape : à la gare de Béziers où il n'a pas assez d'argent pour voyager jusqu'à Grenoble, dans le train entre Montpellier et Lyon où, sans billet, il espère s'arranger avec le contrôleur, et enfin dans le TER pour Grenoble. Il me parle pour se rassurer, mais j'ai l'impression que ses paroles s'adressent également aux autres voyageurs pour leur faire savoir qu'il est attendu. Car il est attendu ! Je suis là quand s'arrête le train. Il apparaît à la porte du wagon de tête. Quatre cheminots le descendent sur le quai, assis dans son fauteuil. J'approche. Il paraît fatigué et ne semble pas encore arrivé ! Je l'embrasse et caresse le museau d'Oscar. A mi-chemin entre la gare et le parking, Teddy fait halte, le temps de fumer une cigarette. La fumée l'apaise ; il reprend ses esprits. Il est bronzé, ses bras sont musclés. Il porte un treillis coupé au genou et un tee shirt noir. J'existe dans son regard et il existe dans le mien.

Teddy est sous mon toit. Il s'est douché et changé. Très à l'aise, il a diné avec nous et a couché sur le balcon car, dit-il, être enfermé l'empêche de dormir. Après deux jours, il a rejoint son amie de Sassenage, séparée de son mari. Il est revenu content, mais les enfants d'Hélène lui « prennent la tête ». Il se sent mieux chez nous et envisage de passer l'été à Grenoble en se rendant de temps en temps chez Hélène. Il attend de moi une attention sans faille et ses sollicitations incessantes me font souhaiter un peu de repos. Ma femme me prie de lui faire comprendre que nous ne pouvons pas l'héberger des mois durant, et qu'il serait mieux de chercher ensemble une place dans un foyer. « C'est comme tu veux » répond Teddy comme d'habitude. Cependant, il préfère coucher dehors plutôt que de vivre dans une collectivité qui lui rappellerait les établissements de la D.D.A.S.S. Il prie Flo de lui raser la tête. Je pourrais garder ses sacs à la maison mais il les accroche au dossier de son fauteuil. Il pense que les grenoblois seront plus généreux avec un voyageur. Nous allons dans le centre ville où j'indique à Teddy les rues les plus fréquentées. Il souhaite que je reste près de lui mais il faut qu'il se débrouille sans moi et, surtout, je ne tiens pas à rencontrer des connaissances. Il me semble plus facile de quitter Teddy que de leur expliquer ce que je fais assis sur un trottoir. Le garçon, qui paraît anxieux, relance plusieurs fois la conversation pour retarder le moment de mon départ. Je m'arrache à lui et je pars sans regarder en arrière.

Le lendemain matin, appel de Teddy. Il a eu une crise d'épilepsie vers minuit sur la banquette d'un arrêt de bus. Il sort des urgences mais ne s'inquiète que pour Oscar que les pompiers ont emmené à la fourrière. J'arrive avec Flo en voiture pour récupérer le garçon qui nous attend à la porte de l'hôpital. Nous allons ensemble à la fourrière. Je règle les 20 euros qui permettront de délivrer le prisonnier. Le chien et son maître sont fous de joie en se retrouvant.

Nous allons chez moi. Il n'est pas question que Teddy retourne à la rue. Après tout, nous avons de la place depuis que nos deux enfants, maintenant adultes, ont quittés la maison. Le garçon restera avec nous en attendant de trouver un logement. Bien sûr, Teddy est un peu envahissant mais comment lui en vouloir ?

J'ai pris soin de lui affecter une chambre pour qu'il ne soit pas tenté de laisser traîner partout ses affaires. Le jeune homme passe l'après-midi à solliciter les passants dans les rues piétonnières, près d'un bureau de poste ou d'une banque. Il y retrouve quelques marginaux qui vident des boîtes de bière en tenant le mur. Comme à Lyon, il s'est vite procuré de quoi fumer. Il s'inquiète pourtant : Oscar n'arrive pas à se remettre de son passage à la fourrière. J'emmène le chien et son maître chez un vétérinaire. Les dames assises dans la salle d'attente font une drôle de tête quand elles voient le garçon en fauteuil. Je m'aperçois soudain de la saleté qui ressort sur la toile blanche de son pantalon. Après la consultation qui nous rassure sur la santé d'Oscar, je suggère à Teddy de mettre le jean propre qui se trouve dans son sac. Le garçon n'en ressent pas la nécessité. Je dois insister : « Allons, fais-le pour moi ». Il accepte de se changer dans la voiture, Je tends une serviette pour qu'il soit tranquille. Le pantalon immonde finit dans une poubelle.

Les semaines passent. Teddy est toujours à Grenoble. Il est calme et répète qu'il veut «se poser». Il va au commissariat pour le remplacement de sa carte d'identité perdue. Nous déposons des demandes de logement social, mais il faut attendre au moins une année sur les listes d'attente avant une attribution. Où sera Teddy dans un an ? Nous nous orientons alors vers les agences et les bailleurs privés.

Nous visitons des appartements. Tout se passe bien au téléphone mais la vue d'un jeune handicapé accompagné de son chien ne manque pas de soulever des considérations sur les travaux qu'il faudrait réaliser pour que l'immeuble soit accessible et sur les récriminations des voisins concernant la présence d'animaux dans l'immeuble. Bien que la discussion soit courtoise, les sourires figés signifient que nous devons chercher ailleurs.

Après une tentative encore plus décevante que les autres, Teddy est sur le point de craquer. Après la visite, il s'assoit dans la voiture pour fumer, la portière ouverte, avant que nous repartions. Nous roulons depuis dix minutes quand il s'aperçoit qu'il n'a plus ses cannes. Il les a oubliés sur le sol du parking, où il se souvient de les avoir déposées pour prendre son paquet de cigarettes. Nous retournons sur place pour constater que les béquilles ne sont plus là. A midi, impossible de trouver une pharmacie ouverte pour se procurer de nouvelles cannes. Arrivé dans ma rue, le bras du garçon entoure mon cou et je lui prends fermement la taille. Cette solide étreinte nous permet d'avancer, de gravir les marches devant la porte de ma maison et d'aller prendre l'ascenseur. Il n'empêche que je suis soulagé quand, reprenant son fauteuil, il retrouve son autonomie.

Nous répondons à l'offre de location d'un studio situé à l'écart du centre de la ville. La propriétaire nous attend pour nous faire découvrir les lieux. Le logement comprend une grande pièce avec un coin cuisine et une salle d'eau. Il n'est pas très vaste mais les peintures viennent d'être refaites et il est équipé d'un plan de cuisson et d'un réfrigérateur. A ma grande surprise, les points délicats soulevés par le garçon sont résolus par la jeune femme. Il pourra laisser son fauteuil dans le hall, devant les quelques marches qui permettent d'accéder au studio. Elle se charge de convaincre les copropriétaires qui pourraient s'y opposer. Le chien ne pose pas de problème car elle pourra leur rappeler qu'un des occupant de l'immeuble possède un épagneul. Peu importe que Teddy n'ait rien pour équiper l'appartement puisque la propriétaire envisage, comme par hasard, de le meubler. Il n'est pas nécessaire que j'intervienne dans la discussion des conditions du bail qui se déroule sans problème. Finalement, la totalité de la location sera couverte par l'aide au logement. Rendez-vous est pris pour les signatures.

Malgré l'assurance d'aboutir, le garçon n'est pas tranquille. Il a rêvé qu'Oscar faisait pipi sur les ballerines de la propriétaire et que celle-ci, fâchée, refusait de s'engager. Réveillé en sursaut, il a voulu raisonner Oscar, mais l'animal ronflait, profondément endormi. Nous avons décidé de laisser le chien chez moi afin de ne courir aucun risque. Il n'empêche que Teddy, toujours stressé, s'imaginait que la propriétaire allait oublier le rendez-vous. Il voulait téléphoner pour le lui rappeler. Cependant, la jeune femme arrive à l'heure dite. Le bail est signé comme prévu et le garçon reçoit les clés. La propriétaire partie, nous nous regardons, le visage de Teddy s'illumine. Sa joie déborde et rejoint la mienne. Il me tape dans la main en me remerciant vingt fois. Il exulte : « J'y crois pas… j'ai mon chez moi… je vais me poser… c'est royal ! »

Teddy a téléphoné partout la nouvelle. Il n'en revient pas d'avoir été félicité par son oncle :

– Tu te rend compte, c'est la première fois qu'il est content de moi. D'habitude, on me considère comme bon à rien ! Mes potes ne comprennent pas que je sois venu à Grenoble. Ils disent que je dois me méfier de toi.

– Ah ! Tu as répondu quoi ?

– J'ai dit que tu n'est pas « pédé », que tu m'aides plus que ceux qui se permettent de te juger sans te connaître.

Le nouveau locataire rencontre une assistante sociale pour demander un prêt sans intérêt qui financera le dépôt de garantie et d'autres frais d'accès au logement. Je l'attends avec le chien, devant l'immeuble qui abrite les services sociaux. A la fin de l'entretien, l'assistante sociale sort dans la rue pour discuter avec moi tandis que Teddy s'amuse avec Oscar :

– Il m'a beaucoup parlé de vous, dit-elle. Je pense qu'il a eu de la chance de vous rencontrer.

– Merci de m'encourager. Quand il s'agit de lui, il me semble toujours que je suis en deçà de ce qu'il faudrait faire.

Teddy est chez lui. Cependant, habitué à dormir à la dure, le jeune homme ne se sert pas du matelas que lui ai apporté. Il couche recroquevillé sur le carrelage du studio, enroulé dans une couverture. La propriétaire, discrètement, a fait livrer un canapé-lit, une machine à laver, et quelques chaises. J'ai complété le mobilier en installant une grande table et un fauteuil de bureau. Mais Teddy reste au ras du sol, comme sur le trottoir de la rue Fontaine, pour manger, pour surfer sur internet ou pour regarder l'écran de la télé qu'il vient d'acheter. Il faut plusieurs semaines pour qu'il dispose sur la table ses consoles pour le son puis son ordinateur portable, et qu'il se serve des sièges.

Hélène participe en apportant à Teddy de la vaisselle et des ustensiles de cuisine. Accaparée par ses enfants, elle ne le voit pas souvent mais lui envoie sans arrêt des SMS. Sa relation avec le garçon n'est pas passée inaperçue dans son lotissement pavillonnaire, où les familles des classes moyennes vivent entre elles et s'inquiètent de toute irruption singulière. Le jeune homme s'est rendu avec Hélène à un anniversaire fêté entre voisins. Il a bien perçu, sous le couvert de questions apparemment bienveillantes, qu'il est considéré comme un intrus. Un couple improbable est un sujet croustillant propre à relancer les conversations languissantes. Convaincu d'agir pour le bien de la jeune femme, son entourage s'emploie à faire pression sur elle. Teddy se rend compte que les visites s'espacent, que la relation s'effiloche. Il se plaint : « Je n'avance plus… Elle m'a coupé la patte qui me restait ! ».

Alors que prend fin leur histoire, sa voix m'inquiète au téléphone. Je me précipite chez lui. Il est couché en travers sur le matelas, enroulé dans des couvertures. Seule émerge sa tête. Ses yeux sont à peine ouverts. Il me demande de lui faire du café. Ses mains tremblent et il sursaute au risque de renverser son bol. Il se plaint de ne pas avoir dormi. Penché sur lui, je lui parle doucement. L'énergie qui m'anime semble rayonner sur le malade. Son regard s'éclaire. Après une heure, il sort du lit. Assis, il ne tremble plus et discute avec entrain. Je ne m'attribue pas ce changement spectaculaire. J'ai ressenti avec moi une active présence qui m'utilisait pour exercer son pouvoir de guérison.

Le garçon se console plus vite que ne le laissait prévoir l'intensité de son chagrin.

Seulement, il me téléphone souvent comme pour s'assurer que je suis bien là et qu'il pourra bientôt me retrouver. Il s'annonce en disant : « C'est ton Teddy ». Il s'en remet à moi. Je ne veux pas l'encombrer de mes sentiments. Je lui répète que nos échanges doivent nous laisser libre.

Hier soir, quand nous nous sommes embrassés, sa main a touché mon épaule, ce qui n'était jamais arrivé, ou alors il y a si longtemps que je ne m'en souviens pas. Le geste peut paraître anodin mais je sais qu'il est habituellement exclu par les préjugés du jeune homme. J'y vois un élan de confiance.

A propos d'un service que je peux facilement lui rendre, Teddy me dit : « tu es mon ami » avec une nuance dans la voix entre affirmation et interrogation, comme pour exprimer « n'es-tu pas mon ami ? ». Je répond d'instinct : « Tu sais bien que je suis ton ami ».

Mois après mois, il prend racine. J'ai l'habitude d'aller chez lui un jour sur deux. Je fais attention autant qu'il le souhaite à la gestion de son logement et de sa vie quotidienne. Car il faut retrouver les factures d'électricité ou d'internet éparses dans le studio, les régler aux échéances malgré le découvert chronique de son compte, jongler avec la trésorerie pour éviter l'interdit bancaire. Une fois par semaine nous allons au Lidl avec ma voiture pour remplir des cartons de victuailles qu'il ne pourrait ramener seul. Après les courses, Teddy aligne avec plaisir les boîtes et les bouteilles dans son placard. Il m'a d'ailleurs demandé de photographier les rayons bien garnis pour montrer sa prospérité à son oncle. Le garçon ne se contente pas de contempler la nourriture. Il se plaît à cuisiner d'épaisses tranches de viande et des platées de légumes qu'il accommode avec des oignons frits. Son appétit me rassure.

Je craignais, quand il s'est installé, qu'il ne puisse nouer des relations aussi facilement qu'à Paris. Cependant, à partir des quelques amis que je lui ai fait connaître, il a multiplié les contacts. Je trouve souvent des visiteurs chez lui. Certains sont devenus des habitués. Quand il n'y a pas un joint à fumer, ils peuvent toujours prendre une bière dans le frigo.

De plus, Teddy passe des heures à dialoguer sur le net avec des jeunes femmes. J'ai trouvé par hasard son profil : « J'ai les cheveux noirs et les yeux marrons. Je mesure 1m 83 mais ça ne se voit pas car je suis en fauteuil roulant mais ça ne m'empêche pas de m'amuser et d'amuser les autres. Je suis romantique. J'aime pas le racisme, le mensonge, le manque de respect ». Ses échanges par webcam débouchent souvent sur des rencontres et pas seulement avec des grenobloises. Corinne, qui habite Aix-en-Provence, débarque un jour dans le studio. Fragile mais bien décidée à se mettre en ménage, elle s'inquiète de ma présence :

– Je t'aime, lance-t-elle à Teddy comme un défi.

– Moi j'aime Marc, corrige-t-il, et je t'aime aussi, Corinne.

Je me lève et l'embrasse : « Oh tu es gentil ! ».

– J'aime mes potes, je les protège.
– Je ne sais pas si tu me protèges…
– Non, Marc, c'est toi qui me protège.

Et il ajoute à l'intention de la jeune femme : «Entre lui et moi c'est une histoire d'amour.»

Quarante huit heures après l'arrivée de Corinne, Teddy m'annonce très sérieusement qu'ils vont se marier et me demande d'être leur témoin. J'accepte malgré mes doutes sur la solidité de leur intention. Teddy s'emballe souvent pour un projet ; quitte, aussi vite, à l'oublier. Il peut souffrir beaucoup de la perte de ses illusions, comme de l'échec d'une passion. Cependant, j'ai constaté que ses chagrins ne duraient pas. Avec Corinne, le dénouement se fait sans trop de mal dans les trois jours qui suivent. Teddy me dit, après son départ, qu'elle voulait lui imposer un autre mode de vie qu'il qualifie de « bourgeois ». Il ne supportait pas qu'elle mette de l'ordre dans sa maison. Il ne se sent bien que dans le désordre qui est son ordre à lui.

Teddy est encore préoccupé par sa coiffure. Il hésite entre les dreadlocks et la crête iroquoise. En attendant qu'il se décide, je rafraîchis régulièrement ses cheveux drus avec une tondeuse électrique, au plus près de la courbe parfaite de son crâne. Flo propose un soir de lui raser la tête. Teddy refuse en disant : « Marc serait jaloux ! ». Pour ce qui le concerne, quand je m'intéresse à quelqu'un ne serait-ce que pour discuter, il s'immisce dans la conversation pour tenter de la détourner. Si je fais semblant de l'ignorer, il fait le pitre pour capter mon attention !

− Je vais rester deux ou trois ans à Grenoble, dit-il, je suis mieux ici que dans la rue, et puis tu serais trop triste si je partais !

– Ne t'inquiète pas pour moi. Tu es libre comme je suis libre. C'est toi qui as décidé de venir et tu partiras quand tu voudras.

– Je vais encore me reposer ici. Après on verra.

Le jeune homme sort peu. Je lui propose parfois de dîner au restaurant ou de voir un film. Il se dérobe car Oscar ne supporte pas d'être séparé de lui. Quand Teddy le laisse dans le studio, il retrouve les stores décrochés, des objets cassés, des vêtements déchirés, une flaque de pipi ou des crottes sur le carrelage. Une fois, enfermé dans la cabine de douche, le chien a défoncé les parois de la cabine. Chaque matin, Teddy emmène l'animal se soulager au bout de la rue, puis il s'enferme dans son logement. Il fume beaucoup en regardant des films qu'il commande à son serveur. La nuit, il regrette l'animation des rues de Paris. « C'est trop calme ici » déplore le garçon qui souffre d'insomnie quand il est seul dans son lit. Il m'a d'ailleurs invité à dormir avec lui. La proposition est restée sans suite. Je me garde de toute ambiguïté qui pourrait compromettre notre entente.

Je parviens cependant à intéresser Teddy en lui signalant que Richard Bohringer vient à

Grenoble pour donner son nouveau spectacle, une évocation de l'Afrique. L'artiste a rencontré le garçon place Blanche et ils ont sympathisé au cours de virées nocturnes dans les bars de Pigalle. Teddy envisage d'aller l'applaudir mais se persuade que Richard voudra le voir avant de monter sur scène. Il envoie des courriels pour inviter son grand homme à prendre un verre. Dans cette attente, il me sollicite pour que je lui fasse «la crête». L'épaisseur de sa chevelure me permet de dégager un serpent noir dont la queue s'incurve sur sa nuque rasée. Tout irait bien si Richard Bohringer répondait à ses messages. Il essaie d'expliquer son silence : «Tu comprends, il ne regarde pas lui même sa boîte. Je suis sûr que son staff a oublié de lui remettre mes mails. Sinon Richard m'aurait répondu d'urgence».

Dépité, le garçon laisse entendre qu'il n'ira pas au spectacle. Ma femme parvient à le faire changer d'avis au dernier moment en lui apportant *L'ultime conviction du désir* que vient de publier l'acteur. Elle s'est rendu l'après-midi à la signature du livre et a sollicité une dédicace pour Teddy. Richard Bohringer se souvenait bien de lui et a demandé des nouvelles avant d'écrire : «A Teddy mon petit pote. Je suis content de te savoir là. Garde toi bien.»

Cette fois c'est gagné. Je me rends avec lui au théâtre accompagné de Thomas. Teddy connaît depuis peu ce musicien à qui il prodigue ce soir les signes de la plus vive affection. Croisant une amie, je reste dans le hall pour discuter avec elle tandis que Teddy et Thomas s'installent dans la salle. Une sonnerie annonce le début du spectacle. Je vais rapidement m'asseoir au premier rang dans l'un des deux fauteuils restés libres. Je n'ai pas repéré où sont placés mes compagnons. Soudain, un cliquetis familier. Teddy, souriant, arrive en gambadant. Les regards se tournent vers nous, mais qu'importe ce que les gens pensent. Ce qui compte c'est la joie de ce garçon. Il s'étire, bien calé contre mon épaule. Tant que jouent les musiciens, il me livre ses impressions et de me presse de questions. J'ai de plus en plus de mal à écouter Richard Bohringer.

Après le dernier rappel, nous allons dans les coulisses pour rencontrer l'artiste. Teddy et Thomas rentrent dans sa loge mais elle est si petite que je dois rester dans l'encadrement de la porte. Richard a immédiatement reconnu le jeune homme et ses yeux, lavés par les marées, ne le quittent plus. Thomas, qui voudrait bien parler de musique, n'arrive pas à se faire entendre. Lui et moi n'existons plus. Teddy, qui raconte son installation à Grenoble, a oublié de nous présenter. Le garçon zappe souvent d'un pote à l'autre. Je dois respecter sa liberté pour aimer autrement, davantage sans doute.

L'été revient. L'incertitude ne porte plus sur le retour de Teddy à Paris mais sur la date de son départ. Les bons moments que je passe avec lui me font oublier ma fatigue grandissante devant les problèmes de sa vie au jour le jour. Il sera bien temps de souffler quand il ne sera plus là. Le garçon m'annonce qu'il va passer quelques jours dans la capitale : « C'est chaud à Pigalle, tout le monde m'attend pour remettre de l'ordre ». Je l'encourage à partir. Il y a peut-être une solution pour l'avenir qui partagerait le temps du jeune homme entre l'agitation de Paris et la tranquillité de la province.

Pendant quinze jours, Teddy est injoignable. Il faut bien que nous apprenions à mourir... Enfin la ritournelle du téléphone : « Je reviens ce soir. Tu auras une surprise ».

Sans argent pour prendre le T.G.V, il mettra 10 heures pour rejoindre Grenoble en prenant des trains qui s'arrêtent à toutes les gares. Le dernier convoi arrive vers minuit. Teddy et Oscar apparaissent au bout du quai. A la suite, Andreï, suivi par un chien noir et une jeune femme. «C'est Jane » me dit Teddy pour toute présentation. Le chien, Ouragan, appartient à Andreï.

Les nouveaux arrivants s'installent dans le studio qui paraît encore plus petit. Il faut s'organiser pour la nuit. Andreï dépose son sac de couchage au pied du canapé-lit où s'allongent Teddy et Jane. Oscar les bouscule pour prendre place entre eux et se serre contre le garçon. Ouragan est déjà au chaud dans le duvet de son maître.

Les jours suivants, quand j'arrive au début de l'après-midi, les amis ont du mal à émerger. Teddy gémit sous les couvertures : «Andreeeï, tu fais le café ?» Puis c'est le premier joint «pour se réveiller» que Teddy prépare dans les règles de l'art et partage avec Jane blottie contre lui. Le couple ne se sépare que lorsqu'il sort Oscar ou qu'elle va au marché. Andreï part de son côté avec Ouragan pour faire la manche dans le centre de la ville. Teddy reste à la maison pour recevoir celles et ceux qui viennent boire et fumer chez lui. Le garçon est content. Il a retrouvé sa vie d'avant en compagnie d'Andreï, son alter ego. Avec Jane, Teddy prend la pose avantageuse du chevalier blanc qui vient de sauver une princesse. Il n'empêche qu'elle règne sur lui.

— Tu ne regrettes pas ta vie avec Teddy avant que j'arrive ? me demande Jane.

— Ce que j'ai perdu ne me manque pas car il me reste la meilleure part.

C'est vrai, je suis soulagé que la jeune femme s'occupe de l'entretien de la maison, de l'alimentation, de la gestion... Grâce à elle, je ne suis plus sur le fil du rasoir entre respect de l'autonomie de Teddy et nécessité d'intervenir pour lui épargner de nouvelles difficultés. Je profite de sa présence sans risquer de le contraindre.

Les semaines passent. Jane voudrait sortir avec Teddy qui ne bouge pas assez à son gré. Elle cherche un emploi qui lui permettra d'acheter une voiture d'occasion. Elle est rapidement embauchée comme serveuse dans un restaurant. Le travail est pénible, avec de lourdes astreintes. Elle le considère comme un esclavage qu'elle quittera le plus tôt possible dès qu'elle aura acquis les droits aux allocations de chômage. Jane n'a plus le temps de faire du rangement dans le studio qui retrouve son désordre antérieur désormais aggravé par le trop-plein. Il n'y a plus personne pour ouvrir les volets et une seule ampoule éclaire la pièce. Les autres n'ont pas survécu à une utilisation continue, jour et nuit.

Teddy est souffrant. Il se plaint de ne pas dormir, d'être fatigué et, de surcroît, son humeur est exécrable : «Il a fallu que je vienne à Grenoble pour tomber malade» et il ajoute : «C'est toi qui m'a fait venir ici». Je lui rappelle ce qu'il m'a souvent affirmé : «Je me suis installé ici pour être près d'Hélène».

Oppressé, Le garçon s'inquiète pour sa santé. J'insiste pour qu'il consulte un médecin. «J'ai la pétoche, je pense toujours à une rechute» dit-il avant de se décider à téléphoner. Il me prie de l'accompagner à son rendez-vous où il se rend en fauteuil roulant. Il n'est pas à l'aise quand nous croisons des passants : «Les gens me regardent comme si c'était contagieux d'être handicapé». En sortant de la consultation, il me dit que le docteur pense que son cœur a été fragilisé par la chimio. Mais les malaises qu'il ressent tiennent surtout à son angoisse.

Un après-midi, Andreï revient plus tôt que d'habitude, le visage blême. Deux policiers l'ont observé à distance, pendant qu'il mendiait dans le centre-ville. Quand ils ont marché à sa rencontre, Andreï a décampé et, à la station de tramway toute proche, il leur a échappé en montant dans une rame juste avant la fermeture des portes.

La haute taille et l'allure d'Andreï ne passent pas inaperçues. La police l'a repéré et l'a considéré d'emblée comme un sans-papiers. Bien qu'il soit installé en France depuis longtemps, Andreï n'est pas en situation régulière. Il a été interpellé plusieurs fois ces dernières années. Après avoir été relégué dans un centre de rétention administrative, il a été fermement invité à quitter le territoire. Andreï n'est pas parti et, après un contrôle, il a écopé de trois mois de prison. A la sortie de la maison d'arrêt avec l'ordre de quitter la France dans les plus brefs délais, il a préféré se faire oublier à Paris. Andreï, qui craint une nouvelle interpellation, ne veut plus aller dans le centre de Grenoble. Il souhaite retourner au plus vite dans la capitale.

Jane nous rejoint après le travail :

— Nous ne pouvons plus rester ici après ce qui est arrivé. Il faut maintenant rentrer à Paris. J'ai assez d'argent pour louer une camionnette et déménager.

— Et si on achetait un camion ? propose Teddy. On pourrait l'aménager pour être à l'abri, avec le matériel pour le son...

— Il faudrait attendre des mois avant d'avoir de quoi se payer un camion, rétorque la jeune femme. Je connais un squat à Paris où nous pourrons tout de suite nous installer avec ton matériel.

Le temps de trouver une camionnette et de s'arranger avec la propriétaire du studio pour résilier le bail, Teddy, Jane et Andreï sont sur le départ. Le garçon, qui devrait être content de partir, fait une scène à Jane parce qu'il trouve que le studio n'est pas assez propre. Il voudrait passer une couche de peinture blanche sur les murs. Quand il faut charger la camionnette, il se dispute avec Jane chaque fois qu'elle décide de laisser un objet sur place. Admettant finalement qu'il n'est pas possible de tout emporter, il envisage de contracter un prêt pour acheter un camion. La nuit tombe quand Teddy renonce aux manoeuvres de retardement et consent à me remettre les clefs.

Il m'invite à prendre l'apéritif au tabac-bar d'en face. L'air malheureux du jeune homme me renvoie ma peine. Il faut réagir :

— Allez Teddy, ça va aller.

— J'en ai marre, j'ai même envie de laisser tomber Jane et Andreï.

— Ça alors ! C'est pas ce qui est prévu… Tu es bien sûr de toi ?

— Je veux vivre seul.

— Tu a complètement changé d'avis. Mais qu'est-ce que tu as dans la tronche ?

— C'est comme ça, c'est dans la tête.

— Réfléchis bien quand même. Tu sais bien, de toute façon, que je ne te laisserai pas tomber.

Il commande un second pastis pour se donner du courage. Jane vient le chercher et, impatiente de partir, le pousse vers la sortie. Teddy, ces dernières semaines, se plaignait d'être retenu dans ma ville. On dirait aujourd'hui qu'il n'a plus envie de la quitter.

Le lendemain, je retourne au studio pour enlever ce qui reste des vêtements et du mobilier de Teddy. Ma femme viendra ensuite pour un grand nettoyage. Ce logement où j'étais si bien quand le garçon était là me paraît aujourd'hui banal et lugubre. J'ai racheté à Teddy ce qu'il a laissé sur place, déduction faite de ce qu'il me devait. Nous avons été aussi rigoureux pour solder nos comptes que pour les gérer durant son séjour.

Je rencontre enfin la propriétaire qui vient pour l'état des lieux. Il faudra repeindre les murs et, par conséquent, je crains que Teddy ne puisse récupérer le chèque qu'il a déposé en garantie. Au cours de la discussion, mon interlocutrice me confie qu'elle a vécu quelques mois dans la rue durant sa jeunesse. Une nouvelle fois, elle manifeste sa bienveillance en ne gardant, pour le principe, que la moitié de la caution.

La Petite Rockette

Jane, Teddy et Andreï ne sont pas dehors à Paris. Roberto, un éducateur qui avait aidé la jeune femme avant son départ à Grenoble, a reçu le trio au squat de la Petite Rockette. Il se trouve au bout de la rue Saint-Maur qui s'ouvre sur la rue de la Roquette. C'est un lieu du programme squat de l'ONG Médecins du Monde qui emploie Roberto. Il s'agit de réduire les risques médicaux, psychologiques et sociaux des personnes précarisées. Teddy est enthousiaste : «Il y a des salles pour le son, la danse, le théâtre, des ateliers pour toutes sortes d'activités. Il y a pas seulement les squatters d'ici ou d'ailleurs mais aussi du public et des gens du quartier...».

Je pousse la porte de cet ancien bâtiment administratif. Dans le bureau, près de l'entrée, c'est Teddy qui assure l'accueil :

– Tu me fais visiter ?

– Je dois rester ici pour la permanence. Tu comprends, je suis responsable du squat.

J'en profite pour découvrir l'exposition de photos dans la salle à côté. Le garçon, qui a trouvé un remplaçant, me propose de voir sa chambre, au premier étage. Le grand escalier donne sur une entrée où discutent avec animation cinq ou six squatteurs qui se tournent vers moi avec curiosité. Teddy leur dit «C'est Marc, mon papa» puis rectifie : «C'est *un* papa».

Jane et Andreï fument dans le bureau désaffecté où ils se sont installés avec Teddy et les chiens. Leurs affaires encombrent le réduit. Il doit être difficile de se déplacer quand ils s'allongent pour dormir. Jane reste silencieuse tandis qu'Andreï m'assure qu'il vient d'inventer le mouvement perpétuel. Les dispositions techniques ne posant plus de problème, Andreï se soucie de l'établissement des droits qui lui permettront de tirer une fortune de l'inépuisable source d'énergie qui va changer le cours de l'humanité. Teddy l'interrompt : «Je sais que Marc aime bien que nous parlions tout les deux dans un café, alors je l'emmène avec moi».

C'est vrai j'apprécie ces moments où, tandis que nous faisons durer nos consommations, nous pouvons discuter sans être dérangés. Face à face, nous nous regardons vraiment :

– Au fait, Marc, je ne te dois rien ?

– Non, tu ne me dois rien, tu m'as remboursé tes dettes en me laissant des affaires à Grenoble.

– Tu sais, ça m'embête d'être parti. Je voulais pas te laisser, mais les journées étaient trop longues, il fallait que je bouge.

– Nous sommes quittes. Tu ne devrais pas te préoccuper de ce point. De toute façon, j'irai souvent te voir ici.

– Moi je viendrai bientôt passer quelques jours à Grenoble.

– Tu es toujours invité. Après tout, tu as dit que j'étais ton papa.

– Il y a aussi Roberto et Romain qui téléphonent pour avoir de mes nouvelles.

– Tu as plusieurs papas. Chacun t'apporte quelque chose qu'il est seul à pouvoir donner.

– Je voudrai travailler pour louer une chambre dans le quartier mais il n'y a jamais d'emploi pour moi. Je m'en veux de toujours dépendre des autres.

– Tu n'a pas choisi ton handicap.
– Je ne me sens pas responsable, mais ça m'énerve de rien trouver à faire.
– Ne stresse plus pour ça.

« Roberto ! » dit Teddy à l'entrée d'un homme en bleu marine, aux traits burinés, accompagné de trois squatteurs. Il tchache avec eux et frappe la main de son vis-à-vis pour saluer une bonne répartie. Cependant, il ne se confond pas avec ceux qui l'accompagnent. J'ai envie de communiquer avec lui comme avec Romain.

« Cher Roberto, nous nous sommes plusieurs fois croisés sans avoir le temps de faire connaissance, mais Teddy est un lien vivant entre nous. Je l'ai rencontré à Paris où m'amènent souvent mes activités professionnelles. Depuis 2001, je n'ai pas cessé de faire attention à lui, dans le respect de sa personne et de son parcours. Je sais qu'il vous estime beaucoup et, en fréquentant le squat, j'ai constaté que votre travail est bien utile pour que ses occupants puisse se poser, s'apaiser, se saisir d'eux-même, coopérer avec d'autres personnes, trouver l'usage des services et des institutions.

J'ai découvert sur le web votre intervention lors d'une journée d'étude : quand on est dans la rue, ramassé par le Samu social ou maraudé par une association, on est en précarité c'est-à-dire dans la nécessité de quémander un secours. On subit alors ce qui est octroyé. Le squat permet de s'extraire de la rue, de sortir de l'isolement, d'entrer dans un collectif, de construire ensemble un espace pour habiter. Tout à coup, il y a les flics qui viennent, un contrôle d'identité, la visite d'un huissier, il faut trouver une aide juridique, préparer une comparution au tribunal... Squatter, c'est devenir violemment citoyen.

Je crois comprendre. Il est nécessaire que les personnes en précarité se nourrissent, s'abritent, dorment en sécurité, reçoivent des soins médicaux. Mais il ne suffit pas de survivre pour vivre. L'assistance accordée sans possibilité de retour gratifie celui qui la donne plus que celui qui la reçoit. Elle renforce le pouvoir du premier en aggravant la dépendance du second. L'égalité n'est rétablie que par les regards, l'attention, l'émotion, la considération qui permettent à chacun de reconnaître son semblable. Le sort peut frapper à tout moment sans distinguer entre nantis et démunis. Fragiles, nous avons besoin d'autrui.

L'exigence de réciprocité fonde la vie en société et détermine les droits de chacun. Réinscrite parmi les êtres humains, la personne reprend confiance, ressent sa situation comme une injustice et exerce sa liberté. Elle s'organise avec d'autres et trouve des appuis pour obtenir ce qui lui revient.

Bien sûr, les trajectoires ne sont ni linéaires ni exemplaires. Il y a des emballements et des blocages, des obstacles et des détours, des heurts et des malheurs, les maladies contractées dans la rue, les addictions, les overdoses... Comment faites-vous pour tenir le cap et persévérer ? »

Andreï, parti hier pour promener Oscar et Ouragan, n'est pas reparu et n'est pas joignable sur son portable. Teddy dit que son pote replonge dans le Skenan et se trouve dans un «état comateux» qui explique son silence. Le garçon est angoissé à cause d'Oscar qui pourrait se perdre ou être privé de nourriture. Il s'inquiète aussi pour Ouragan qui, sans appétit depuis que son maître est en état de manque, n'a plus que la peau sur les os. Teddy téléphone à ses potes qui ne peuvent le renseigner et qui, d'ailleurs, ne semblent guère se soucier du sort d'Andreï et des chiens.

Andreï revient enfin avec Oscar et Ouragan. Il est très maigre, livide, et souffre de tout son corps. Il vomit dans le caniveau. Teddy, préoccupé par son état, lui donne vingt euros pour qu'il puisse se procurer de la méthadone. En fauteuil roulant, il se penche sur Andreï recroquevillé sur le trottoir et lui parle longuement. Patiemment, il essaie de le convaincre d'aller à une consultation pour réduire sa dose de Skenan. Andreï proteste faiblement qu'il ne veut pas bouger, mais il s'appuie sur Teddy pour se relever.

Andreï mendie chaque jour boulevard de Clichy mais, affalé sur le trottoir, sans un mot ou un regard pour les passants, il est invisible. Teddy revient place Blanche pour subvenir aux besoins d'Andreï. Le jeune homme a retrouvé les habitués qui lui parlent, donnent des pièces, parfois un billet, un sandwich, des croquettes pour les chiens. Je vais vers Andreï et j'apporte ma contribution en lui donnant dix euros. Il apprécie tellement qu'une heure après il me demande si je peux lui donner encore de l'argent. Je dois refuser. Il s'excuse en affirmant qu'il ne voulait pas m'importuner.

– Pourquoi aides-tu Andreï ? dis-je à Teddy. J'ai bien vu qu'il pousse ton fauteuil ou qu'il porte ton sac mais tu n'est pas obligé de veiller sur lui comme tu le fais.

— C'est pas facile de trouver chaque jour de l'argent pour Andreï, mais c'est mon pote. Il m'a bien aidé autrefois. Je ne peux pas le laisser tomber.

Je retourne à la Petite Rockette. Teddy me montre fièrement la carte de bénévole de Médecins du Monde que lui a remis Roberto. L'assistance des forces de l'ordre est requise lors des interventions du porteur auprès des personnes précarisées. Ce serait renversant de voir les policiers aider le garçon ! Au moment de partir, je m'aperçois que je n'ai plus mon portefeuille. J'entraîne Teddy hors de la chambre pour lui soumettre mon problème. Il est certain que le portefeuille est resté à l'intérieur. J'ai vérifié qu'il était bien dans la poche de mon blouson quand, à mon arrivée, j'ai posé celui-ci sur le lit où je me suis assis à côté d'Andreï. Ce dernier, pressé par Teddy commence à retourner les vêtements qui jonchent la chambre. Les occupants du squat, qui n'ont pas cessé d'apparaître à la porte, échafaudent des suppositions. Curieusement, Teddy reste en retrait et ne fait aucun commentaire alors qu'il est toujours sur le devant de la scène lorsque survient un incident. Andreï regarde sous le lit. Il paraît sur le point d'abandonner ses recherches quand, soudain, il étend le bras. Il retire le portefeuille et me le remet furtivement. Je suis si content que je l'embrasse sur les deux joues ! Les squatteurs, qui font cercle, me suggèrent de payer une tournée ; ce sera (peut-être) pour une autre fois car j'ai juste le temps de rejoindre la gare.

Dans le métro, je me demande pourquoi j'ai remercié Andreï. Je sais qu'un toxicomane n'a plus d'amis quand il s'agit de se procurer des produits. Je suppose qu'il a subtilisé le portefeuille dans le blouson, et qu'il l'a caché sous le lit avec l'intention de le récupérer après mon départ. Teddy a compris plus vite que moi de quoi il retournait. En chargeant Andreï des recherches, il lui a donné l'occasion de se rattraper.

J'ai voulu me défendre...

AFFAIRE:
Contre/ ....
VIOLENCES VOLONTAIRES
AVEC ARME PAR
DESTINATION
OBJET :
AUDITION PLAINTE DE Mr
N..... Sébastien

L'an deux mille sept,

Le .. juin à .. heures

Nous, ...
GARDIEN DE LA PAIX
Agent de police judiciaire à Paris

Vu les articles **53** et suivants du Code de Procédure Pénale,-----------------------

Entendons comme suit la personne conduite dans nos locaux,------------------------

Elle nous déclare,----------------------

--« Je me nomme N.... Sébastien.»------

--« Je suis de nationalité FRANCAISE.»---

--« Je n'ai aucune activité.»-----------

--« Je suis domicilié **75018** PARIS. »-----

--Je viens signaler les faits suivants.--

---Ce jour, je me trouvais Boulevard de Clichy quand une femme est venue à mon encontre afin que je puisse rester avec une de ses amies qui avait trop bu---
---La requérante est repartie dans la Loco afin de retrouver une autre amie---

---C'est à ce moment là qu'un individu de type nord africain est arrivé et a commencé à discuter---
---Il s'est approché de la jeune fille et a commencé à avoir des gestes déplacés envers elle---
---Je lui ai dit de partir mais il a empoigné mon fauteuil roulant et à tenté de me faire tomber---
---J'ai donc quitté les lieux en direction du Buffalo Grill mais il m'a suivi---
---Il m'a ensuite jeté une bouteille de mousseux, une canette de bière en plein visage---
---J'ai essayé de l'écarter mais il est revenu et il m'a donné un coup de poing en plein visage---
---Je me suis levé alors de mon fauteuil malgré le fait que je n'ai qu'une jambe et j'ai voulu me défendre---
---Il a ensuite pris la fuite en voyant la Police---
---Vos collègues l'ont interpellé---
---J'ai été blessé au niveau de la tête---
---Je ne souhaite pas être examiné par un médecin.---------------------------------

---Je prend acte que la personne que vous avez interpellée se nomme ....---
---Je dépose plainte à son encontre pour violences volontaires-------------------
--Je n'ai rien à ajouter.»--------------
--Après lecture faite par lui-même, l'intéressé persiste et signe le présent avec nous.-----------------------------

L'INTERESSE   L'A.P.J.

pour m'inventer une vie. J'ai honte de ce que je suis. Je me sens seul responsable de ce qui m'est arrivé. A partir de maintenant j'ai décidé de me soigner pour faire face à ce que je suis réellement. Je ne veux plus me mentir pour ne plus mentir aux autres. Il faut que je vois Jane, que je lui parle, c'est ma dernière chance. Elle est dans un squat du treizième. J'y vais tout de suite».

Il prend son élan et roule à toute allure vers le bus de la place Pigalle. Il me distance sans se soucier si je peux le suivre. Cependant, quand nous nous retrouvons à la station, il me demande si je veux l'accompagner. Je dois l'encourager à faire seul sa démarche.

Le lendemain, Roberto est avec lui lorsque j'arrive place Blanche. Il me salue, embrasse Teddy et nous quitte. A voir sa tête, je devine que l'entretien avec Jane n'a rien donné. Le garçon me répète qu'il est responsable de la rupture. Il se demande comment il en est arrivé là :

«J'ai d'abord été chez une nourrice. Ensuite, j'ai été placé dans une famille d'accueil. Toutes ces années on ne m'expliquait pas ce qu'il faut faire ou ne pas faire et on me frappait pour tout ce que je faisais. Si je répondais, on me tapait avec un manche à balai. J'étais le dernier échelon de l'échelle mais vers le bas. Pendant la période scolaire j'ai toujours été la risée des autres, je ne sais pas pourquoi. J'aurais voulu être comme les autres enfants, mais ils me voyaient différemment, pourquoi je ne sais pas. Pour connaître mon vrai père, j'ai parlé avec un de ses amis qui s'est bien gardé de me dire que mon père ne voulait pas s'occuper de moi. Il préférait s'occuper de ses trafics. J'ai quand même réussi à le rencontrer mais il ne me montrait aucun intérêt car pour lui j'étais un accident de parcours. J'ai passé des moments avec lui, il m'humiliait devant ses proches A la fin, il ne voulait plus me voir. Il est décédé de je ne sais quoi. Sa mort m'a rendu plus léger. Puis j'ai connu des foyers où je n'avais pas ma place, je me faisais frapper, racketter.

A 13 ans, j'ai eu un cancer de l'os, de la peau et des tendons. Après avoir enlevé la tumeur, le chirurgien a été obligé de bloquer mon genou. Je marchais avec une béquille mais ma vie s'est légèrement améliorée, j'ai réussi à avoir des passions. J'ai commencé mes premières fugues car je ne me sentais plus à Metz ou j'étais considéré comme une merde, donc j'ai commencé à trainer dans les rues de

Paris. Vu que je n'étais pas majeur je me faisais souvent remettre au foyer ou, le plus souvent, à l'hôpital car les plaques de métal fixées dans ma jambe donnaient des infections. J'ai eu une vingtaine d'opérations pour les soigner et consolider ma jambe avec des plaques ou un appareil. A mes 18 ans, je pensais avoir une vie normale. J'arrivais à vivre. J'ai connu une fille qui avait le même âge que moi. J'ai eu peu de rapports avec elle car je craignais de lui faire mal. Je m'arrangeais pour éviter ça avec elle. Je me suis rendu compte qu'elle entretenait une relation derrière mon dos. J'étais fou de rage. Je me suis tiré car sinon j'aurais fait une bêtise. Après le cancer, je fumais beaucoup pour calmer ma tête et mes douleurs. Je prenais même de l'héroïne. Pour avoir l'argent, j'achetai du shit à Paris et je le vendais en Lorraine. Un jour, les gendarmes m'ont attendu sur le quai de la gare de Metz. Ils m'ont fouillé. J'ai été arrêté. Je n'ai pas fait de prison car le tribunal a trouvé que j'avais déjà trop de problèmes. J'ai pris une amende et des soins pour ma prise de drogue.

J'ai fait encore une mauvaise chute avec une plaie qui ne se refermait pas. J'avais vu à l'hôpital des jeunes avec les mêmes complications que moi qui avaient finalement été amputé. J'ai commencé à penser à cette solution car j'en avais marre des opérations. J'en ai parlé au chirurgien qui ne demandait pas mieux d'en discuter avec moi car il craignait une aggravation. Il m'a fait signer une décharge pour l'opération. J'ai oublié ce papier. La veille de l'intervention, j'avais changé d'avis et j'insultais ceux qui essayaient de me raisonner. On m'a donné des calmants. Quand je me suis réveillé après l'opération, j'ai voulu que l'infirmier me redresse sur le lit et soulève le drap pour que je puisse voir comment c'était maintenant. Je me suis vite rétabli. J'étonnais tout le monde car j'arrêtais pas de déconner. Je ne suis pas resté longtemps en rééducation car je voulais bouger sans avoir mal au dos à cause de leurs appareils. Je ne suis pas installé à Metz où, à cause de mon handicap, on me considérait comme une sous-merde. Je suis retourné à Paris, pour zoner à la gare de l'Est... »

Il s'interrompt brusquement : « Si on allait prendre un café ». Il reprend son récit devant sa tasse, les yeux baissés :

«Je m'intéressais beaucoup à la musique, j'avais 14 ans quand mon oncle m'a fait connaître Karl un ami à lui qui avait du matériel pour le son, Il m'emmenait animer des soirées. J'avais beaucoup de respect pour lui. Il m'a fait boire de l'alcool pendant une soirée et, à la fin, j'étais complètement bourré. Je me suis retrouvé chez lui. Je n'ai pas de souvenir de ce qui s'est passé ensuite. Je crois que j'étais drogué. Le matin, je me suis réveillé allongé sur son lit. Il n'y avait personne dans l'appartement. Je me sentais coupable, j'avais peur que Karl ne s'occupe plus de moi. D'ailleurs, il n'a pas voulu me revoir. C'est après que j'ai commencé à tomber et à me faire mal. Je me suis puni en tombant. Je me sens responsable de ce qui est arrivé à ma jambe. »

Teddy se bat toujours avec son passé. Il n'arrive pas à dormir et redoute ce qu'il appelle des flashs : une ombre, un inconnu, apparaît dans sa chambre, s'avance, l'empoigne et lui frappe violemment la tête contre le mur. S'agit-il d'une réminiscence où d'une figuration de sa panique quand, dans un repli de sa mémoire, il effleure une cicatrice ? Car la plaie peut se rouvrir et lui infliger une souffrance insupportable.

– J'en ai marre de ces conneries. Je veux changer de vie, mais je ne sais pas si j'en suis capable.

— Peu de gens sont capables de réfléchir comme tu le fais. Ce sont tes premiers pas vers une nouvelle vie..

— Ça me fait mal de remuer ces vieux problèmes.

— Un psycho pourrait t'aider.

— J'ai vu des psychos dans les foyers. Ils ne me disait rien et ça n'a rien donné.

— Tu pourrais poursuivre avec des gens en qui tu as vraiment confiance.

— Je voudrais bien écrire tout ça à Jane, mais j'ai peur de ne pas y arriver. Et puis je fais des fautes d'orthographe.

— Tu ne fais pas beaucoup de fautes. Laisse sortir ce qui te fait mal, et tu trouveras les mots sans problème.

Il m'envoie lui acheter un grand cahier et un stylo au Monoprix. Il commence à écrire sans attendre. Je me retire en silence.

Je le retrouve avec Jane. Pour ne pas gêner leur conversation, je vais saluer Romain dans son bureau. Il a longtemps cherché un logement pour Teddy dans le quartier et voici qu'une opportunité se présente : « Je suis propriétaire d'une mansarde de la rue Lepic qui vient juste de se libérer. C'est une chambre équipée pour la cuisine, avec un coin pour la toilette. Je suis prêt à faire un effort pour que Teddy puisse payer la location. Le logement est au deuxième étage. Il n'y a pas d'ascenseur, mais le garçon me dit qu'il se débrouillera pourvu qu'il puisse laisser son fauteuil en bas de l'escalier. Ce n'est pas un problème, il sera bientôt chez lui...»

Lorsque, tout content, je reviens vers Teddy, Jane est déjà partie. Elle a pris connaissance sans mot dire de la lettre qu'il a rédigé pour elle. Elle maintient sa décision de mettre fin à leur relation. Teddy me fait lire ce texte de cinq pages où je retrouve ce qu'il m'a dit. Il a l'intention d'écrire aussi à ses «grands potes». Il a mis ce post-scriptum : «J'ai aussi des amis comme Marco, Romain, Roberto, et plein d'autres. Je n'ai pas de raison valable de leur avoir menti. C'était juste que j'avais honte de moi. Je vais dès à présent enlever ma carapace avec eux car je les porte dans mon cœur.»

La nuit qui suit, je rêve à la soirée que j'ai passée avec Teddy, au spectacle de Richard Bohringer. Assis près de lui, je constate sans surprise qu'il a deux jambes. Mais je ne suis pas seul à parler au jeune homme. Alors, je le le recouvre d'un filet dont l'armée se sert pour dissimuler une position. Il est maintenant place Blanche, sous les étoiles. Sa tête émerge seule par une fente du camouflage. Avec ses proches, je dégage son corps non sans peine. Je vais sous un appentis construit dans une cour et je me douche. Teddy est debout, à l'abri. Je vais nu à la limite de la cour qui s'ouvre sur un terrain vague avec, au loin, une ligne de maisons qui se découpe sur un ciel matinal. Une famille passe à quelques mètres. Personne ne remarque que je n'ai pas de vêtements. Je me sens propre, et fier.

Je veux témoigner...

Article de djTeddy
VOILÀ ce qui s'est passé le 20 juin 2009

Je m'appelle Teddy, j'ai 27 ans
je suis bénévole à la mission Rave Paris de Médecins du Monde avec laquelle je participe à la Réduction des Risques lors des rassemblements festifs, free party, teknivals, rave...

J'étais dans l'équipe qui se trouvait samedi dans le bois de Boulogne de 23h à 4h lors de la free party qui faisait suite à la « Free Parade » qui s'est déroulée dans l'après midi du même jour à Paris.

A l'occasion de cette soirée une de mes activités avec l'équipe était le soutien psychologique auprès des personnes qui le nécessitent.

Vers 3 h 20 alors que je me trouvais avec un autre membre de la mission, avenue Gandhi, protégé par un véhicule, auprès d'une jeune femme qui était en état de choc, consécutif des heurts entre des teufeurs et la police, j'ai reçu un coup violent de matraque sur le bras droit.

Je n'ai pas vu mon agresseur, car le tournais le dos à la charge policière et que cette charge se déroulait principalement sur la chaussée, alors que je me trouvais en marge des affrontements. Je me suis retourné et j'ai vu un policier en tenue antiémeute, la matraque à la main, qui après une brève hésitation, a saisi mon fauteuil roulant et m'a très violemment poussé en criant entre autre : «Toi tu dégages de là.... je vais te défoncer...»

Déstabilisé, j'ai perdu l'équilibre et j'ai été aidé par des teufeurs à me remettre sur le trottoir et à me protéger d'une autre agression.

J'ai eu très peur, la personne que je tentais de rassurer est partie en courant.

Les teufeurs sont également partis en courant, car la charge de police était violente. J'ai vu un policier en tenue pointer son Flash-Ball en direction du visage d'une jeune femme et la menacer en criant.

J'ai prévenu mon équipe pour signaler cet incident et qu'ils viennent à ma rencontre, car je craignais d'être à nouveau agressé

Au moment où j'ai rejoins mon équipe, accompagné par un autre bénévole, le policier qui m'avait frappé auparavant s'est précipité vers nous en menaçant de me «casser la gueule handicapée ou pas».

J'ai tenté de lui expliquer mon point de vue. Il s'est alors énervé et a menacé l'équipe et les teufeurs qui venait pour comprendre son attitude. Alors que je n'avais ni manifesté ni lancé de projectile.

Nous avons rencontré un gradé qui nous a entendu et nous a invité à nous rendre au point de regroupement des policiers pour voir le policier qui m'avait agressé.

Sur place, nous avons été évacué du camp de police encadré par trois policier qui nous poussait à «dégager fissa».

Je ne tiens pas à porter plainte, mais je veux témoigner de ces faits violents.

▲J'aime ▼Commenter ► Partager

Parcours

Gare de l'Est	7
Mon cas est désespéré...	23
La Bastille	25
Place Blanche	37
Rue Fontaine	53
Je ne fais que bosser sur mes projets...	59
Malaise	61
Survivre	71
Je refuse mon transport à l'hôpital...	81
Bon anniversaire !	83
En reconnaissance	91
Se poser	99
La Petite Rockette	125
J'ai voulu me défendre...	135
Devenir	137
Je veux témoigner...	147